Anke Ertz

Kurze Schnauze, große Klappe

Novelle

2

1. Auflage 2020

Lektorat: Anke Ertz
Korrektorat: Anke Ertz
Umschlaggestaltung: BoD

ISBN 9783752608441

Herstellung und Verlag: BoD – Books on
Demand, Norderstedt

Alle Personen und Namen innerhalb dieses Buches sind frei erfunden.
Ähnlichkeiten mit lebenden Personen sind zufällig und nicht beabsichtigt.

1.

Da sitzt sie nun. Alleine im schwach beleuchteten Wohnzimmer und versucht meinen kleinen Bruder zum Schweigen zu bringen. Mit seinem Gebell wird er noch die Ganze Nachbarschaft aufscheuchen. Es gibt allerdings auch keinen ersichtlichen Grund, warum die Glocken des nahegelegenen Kirchturms an einem stinknormalen Mittwochabend um acht Uhr einen solchen Lärm veranstalten. Glockengeläut kann der Kleine nun mal nicht ausstehen. Meine Schwester hingegen liegt auf der Couch und pennt, während ich einen

Ehrenplatz auf dem Schrank habe und das Ganze von dort aus überwache. Zumindest glaubt sie das. In Wahrheit hocke ich hier oben auf meiner Wolke und achte darauf, dass es während ihrer Spaziergänge nicht regnet. Tatsächlich mussten meine Geschwister seit ihrer Ankunft im neuen Zuhause, also seit fast fünf Monaten, keinen einzigen Morgen im Regen spazieren gehen.

Vielleicht sollte ich mich an dieser Stelle erst einmal vorstellen. Mein Name ist Rusty. Von den letzten fünfzehn Jahren habe ich vierzehneinhalb im Körper eines Malinois verbracht. Eigentlich war ich damit ganz zufrieden, aber nach so vielen

Jahren schmerzten mir die Knochen doch sehr. Meine Beine wollten mir so gar nicht mehr gehorchen. Nach langen Überlegungen habe ich mich dazu durchgerungen, den Platz auf der Couch gegen den auf einer Wolke einzutauschen und es fortan mal als Engel zu versuchen. Die Flügel sind schon eine tolle Sache, aber mir läuft immer noch das Wasser im Mund zusammen, wenn auf der Erde eine Leberwurst in Frauchens Einkaufswagen landet. Ich hatte ja keine Ahnung, was ich mit dieser Entscheidung auslösen würde. Natürlich wollte ich den Platz auf dem Sofa an einen Erben weitergeben, aber hätte ich gewusst, wie traurig meine Familie über das Verschwinden meines alten, vertrauten Körpers war, ich hätte die Schmerzen noch eine Weile ertragen. Dabei bin ich doch immer noch da und verpasse keinen Moment im Leben meiner Familie. Aber fangen wir am Anfang an. Geboren wurde ich im Jahr zweitausendvier, also in dem Jahr, in dem Luciano Pavarotti seinen letzten Auftritt in der New York Metropolitan Oper gab und Griechenland Europameister wurde. Ich erwähne das nur, damit Ihrer Erinnerung an dieses Jahr etwas auf die Sprünge geholfen wird. Immerhin wurde das Finale der Europameisterschaft am vierten Juli ausgetragen und nur einen Tag später erblickte ich das Licht der Welt. Einer zunächst sehr unfreundlichen Welt, wie ich anmerken möchte, denn ich landete in einem Tierheim. Glücklicherweise führte das Schicksal mein zukünftiges Frauchen ein paar Monate später in diese spartanische Unterkunft und ich bellte so lange und laut, bis sie mich in meiner Zelle erhörte. Ich besaß nichts weiter als einen guten Quadratmeter kahlen Betonboden und einen Blechnapf mit Wasser. Nun bekam ich ein schickes Halsband, eine knallrote Leine und eine Schwester. In meinem neuen Zuhause erwartete mich eine recht betagte Berner Sennenhunddame namens Petzi, die ein wenig traurig wirkte. Sie hatte vor ein paar Wochen ihre Rottweilergefährtin Gina verloren und wollte nicht allein bleiben. Allerdings wollte sie auch keinen sechs Monate alten Rüden an ihrer Seite und gab mir erst einmal einen kräftigen Schubs, der mich quer durch den Flur meines neuen Zuhauses rutschen ließ. Die Fronten waren also schnell geklärt. Nun ja, der Boden war auch wirklich rutschig. Schließlich hatte mir niemand beigebracht, dass man nicht ins Haus pinkelt. Nach knapp einer Woche hatte ich die Sache mit der Stubenreinheit drauf und meinen Platz auf dem Sofa sicher. Auch Schwester Petzi hatte sich an ihren Bruder gewöhnt. Leider war unsere gemeinsame Zeit viel zu kurz. Nur gute zwei Monate später folgte sie Gina auf die Wolke. Auf Erden habe ich nicht mehr viel von ihr lernen können, aber nun sitzen wir hier oben oft zusammen und amüsieren uns über die Anfängerfehler, die unsere Familie doch nach so vielen Hundejahren nun wirklich nicht mehr machen dürfte.

Ich weiß, dass sich viele Menschen die Frage stellen, was nach ihrem Tod auf sie wartet. Hunde stellen sich diese Frage nicht. Trotzdem war ich ein wenig über-rascht, als man mir hier oben die Wahl ließ. Ich war auf Erden ein guter Hund, aber ich sollte die Chance bekommen, es noch besser zu machen. Ein Teil meiner Seele durfte, sofern ich das wollte, noch einmal auf die Erde zurück. Was glauben Sie wie ich entschieden habe? Da unten meine trauernde Familie und die Leberwurst.

Ich gebe zu, in meinen ersten Monaten als junger Malionois im neuen Zuhause fand ich Näpfe ziemlich doof. Sowas gab es im Tierheim und diese unglücklichen Monate wollte ich nun wirklich hinter mir lassen. Ich war und blieb zunächst ein sehr, sehr dünner Hund. Mit viel Liebe und noch mehr Würsten hat mir meine Familie den Appetit zurückgegeben. Das sollte sich im Laufe meines Lebens noch rächen, aber dazu später. Für mich war klar, ein Teil meines alten Ichs würde im jungen Körper in meine alte Familie zurückkehren. Meine erste Aufgabe als Engel war aufmerksames Zuhören. Da unten auf meiner Couch wurde trotz aller Trauer über meine etwaige Nachfolge diskutiert. Der Sohn der Familie, bei meinem Einzug damals ein vierjähriges Kerlchen, hatte bereits eine feste Vorstellung vom neuen Familienmitglied. Aber versuchen Sie mal etwas von den Argumenten des inzwischen Neunzehnjährigen zu verstehen, wenn im Hintergrund Günther Jauch beim siebzehnten Zockerspecial seine Fragen stellt. Frauchen wünschte sich was Kleineres, was man auch mal unter den Arm klemmen könnte. Ich gebe zu, in Sachen Leinenführigkeit war ich nicht gerade ein Vorbild. Wenn ich aber die Diskussion richtig deutete, versuchte der Sohn des Hauses seinen Eltern gerade klarzumachen, dass man auch einen Boxer durchaus mal Tragen könnte. Ausgerechnet! Ein Boxer! Nach mehr als vierzehn Jahren spitze Schnauze sollte ich nun Lernen mit einer kurzen Nase umzugehen? Na, das konnte ja lustig werden. Aber was tut man nicht alles für ein bisschen Leberwurst. Ich musste mich schleunigst nach einer trächtigen Boxerhündin umsehen. Allzu weit durfte der Geburtsort natürlich nicht von meinem ehemaligen Wohnort entfernt liegen. Noch während Herr Jauch die zweihundertfünfzigtausend Euro Frage stellte, entschied ich mich für einen wunderschön gestromten Boxerrüden, der in wenigen Tagen das Licht der Welt erblicken sollte.

So weit, so gut. Ich musste noch einmal durch diesen schrecklich engen Geburtskanal, aber dafür würde ich schon bald mein Frauchen über meinen eigenen Verlust hinwegtrösten. Zumindest war das der Plan und ich jubelte innerlich, als die komplette Familie endlich zur Besichtigung erschien.

Zu meinem Entsetzen entschieden sie sich für eine Hündin. Ein Mädchen? Ernsthaft? Diese kleine Prinzessin war die Erstgeborene, aber nur deshalb, weil ihre Schnauze kürzer war und sie sich in dem engen Geburtskanal mal eben vorgedrängelt hatte. Unverschämtheit. Sie gaben ihr den Namen Bella. Das ich nicht lache! Was ist nun bitte schön an dieser kurznasigen winzigen Boxerhündin. Aber gut. Sie ist meine Schwester, im übertragenen und auch im leiblichen Sinne. Zum Glück hockte ein Großteil meiner Seele ja immer noch mit Engelsflügeln auf der Wolke und hatte die Macht, ein wenig Schicksal zu spielen.

Natürlich glaubten alle da unten, aus ihren Fehlern gelernt zu haben. Zwei Hunde, das kam gar nicht in Frage. Aber irgendwie brachte ich den neunzehnjährigen Sohn dazu, ein Versprechen zu geben. Natürlich würde er sich immer und zu jeder Zeit kümmern. Ich brachte Frauchen dazu, sich neben Bella auch hoffnungslos in den kleinen Rüden zu verlieben und ich brachte Herrchen dazu, beide Hunde zu bezahlen.

Wie das mit Versprechen von jungen Erwachsenen nun eben so ist. Fünf Monate später saß Frauchen also nun allein in ihrem schwach beleuchteten Wohnzimmer. Aber eben nicht ganz allein. In der Sofaecke auf vielen, vielen Kissen pennte Prinzessin Bella. Am Fenster bellte ich, also nicht ganz, eben mein kleiner Bruder Elvis. Ein paar Zentimeter von mir, äh Elvis, entfernt, zwitscherten die Zwergpapageien Lemon und Peach eine fröhliche Melodie zum Glockengeläut. Auf dem Schrank thronte meine von Kerzen umgebene Urne mit den reizenden Pfotenabdrücken, während die Urnen

17

meiner Schwestern Petzi und Gina, sowie die des vor einigen Jahren verstorbenen Kaninchens Casper, friedlich hinter Glas pennten. Der neunzehnjährige Student trank mit Freunden in einer Bar ein paar Bier. Herrchen war auf Dienstreise. Frauchen bat mich, äh Elvis, mit verzweifelter Stimme um Ruhe, während die Glocken des nahegelegenen Kirchturms ahnungslos weiter bimmelten. Die Ratgeber „Welpenerziehung", „Haltung mehrerer Hunde" und „Sprachkurs Hund" langweilten sich auf dem Fernsehschrank, weil Frauchen ja eigentlich wusste, dass sie hingehen und mir, äh Elvis, sagen sollte, das alles gut war und er still sein sollte. Frauchen hatte es auch mehrfach versucht, leider gehorchten die Glocken nicht. Oben auf der Wolke hockten wir. Petzi, Gina und ich, zusammen mit Casper, der nun auch Flügel hatte und verfolgten gespannt das beste Fernsehprogramm. Das was da unten im Wohnzimmer passierte, war viel interessanter, als „Wer wird Millionär".

2.

Bevor ich nun weiter die Erlebnisse meiner Menschen mit ihren neuen Welpen zum Besten gebe, ist es an der Zeit, meine eigenen Sünden auf Erden noch einmal Revue passieren zu lassen.

Im zarten Alter von sechs Monaten hatte ich, wie Sie ja bereits wissen, meine Erfahrungen überwiegend in diesem ungemütlichen Tierheim gemacht. Im Gegensatz zu meiner kargen Notunterkunft glaubte ich mich nun im Paradies. Die Abende verbrachte ich in Frauchens Arm auf dem Sofa. Ich passte ganz wunderbar in die

Beuge ihres Ellbogens, wo ich tief und fest schlief. Diese Angewohnheit habe ich übrigens mein Leben lang nicht aufgegeben, obwohl ich Woche für Woche größer und länger wurde. Es dauerte nur knapp ein Jahr, bis ich mich damit zufrieden geben musste, meinen Kopf in ihren Schoß zu legen. Da ich meine Blase ja recht schnell unter Kontrolle bekommen hatte, durfte ich die Nächte sogar im Bett verbringen. Übrigens in genau dem Bett, neben dem nun seit einigen Wochen zwei orthopädische Hundekörbe der Größe XL stehen, aber dazu später.

So eine Nacht kann ganz schön lang sein und so begann ich mit meinem neu gewonnenen Selbstvertrauen das angrenzende Bad zu erkunden. Da ich noch kein besonders großer Hund war, hielten sich die Objekte in erreichbarer Höhe in Grenzen. Allerdings verfügte ich, im Gegensatz zu ihren neuen Vierbeinern, über eine recht lange Schnauze, die auch in kleinere Zwischenräume passte. So gelang es mir nach ein paar Versuchen, bei denen ich mir beinahe die Nase gequetscht hätte, den Deckel dieses merkwürdigen Behälters zu öffnen. Siehe da, ich hatte Wasser gefunden! Ich musste mich zwar weit über den rutschigen Rand beugen, um ein paar Schlucke nehmen zu können, aber ich hielt es dennoch für eine nette Geste meiner Menschen, einen so großen Trinknapf bereit zu stellen. Schließlich würde ich ja noch wachsen. Frauchen war weniger begeistert. Ich musste wohl nicht ganz leise gewesen sein und nahm an, dass sie böse war, weil ich sie geweckt hatte. Sie klappte mir kurzerhand den Deckel vor der Nase zu und nahm mich schimpfend mit zurück ins Bett.

Glücklicherweise wuchs ich recht schnell und konnte bald eine andere Wasserquelle finden. Hier plätscherte das Wasser sogar auf Befehl meiner Pfote lustig drauflos und ich konnte es mit einer einzigen Bewegung wieder stoppen. Das sollte sich während vieler warmer Sommernächte noch als sehr nützlich erweisen.

Noch war es aber Winter. Meine Menschen schliefen auf weichen Kissen und unter warmen Decken. Ich muss zugeben, nach den vielen Nächten auf dem harten Betonboden fühlte es sich herrlich an. Sogar zwischen den Zähnen. Eigentlich hatte ich ja nur ein bisschen knabbern wollen. An den harten Holzrahmen des Bettes traute ich mich nicht ran. Dort hatte meine Vorgängerin, die Rottweilerhündin ein ansehnliches Stück herausgebissen und die tiefen Zahnabdrücke verströmten immer noch ihren Geruch. Ein beeindruckendes Gebiss musste meine Schwester gehabt haben! Ich hatte einen großen Teil meiner Milchzähne verloren und arbeitete gerade am Aufbau meiner neuen Kauwerkzeuge. Da tat es richtig gut, ein wenig an dem weichen Stoffen zu nagen. Interessanter Weise stieß ich schon bald auf eine Feder. Wo mochte die wohl herkommen? Ich beschloss, der Sache auf den Grund zu gehen und bis zum Morgen hatte ich fast alle Federn befreit. Es war eine ganz schöne Menge zusammengekommen. Sie waren überall und ich freute mich riesig, dass sie aufstoben und herumflogen wenn ich hineinsprang. Freudig hüpfend weckte ich meine Menschen. Wie konnte man ein solches Spiel nur verschlafen? Frauchen standen die weißen Federn in ihren Haaren wirklich gut. Leider war dies meine letzte Nacht im Menschenbett. In dem Bett, in dem sich Prinzessin Bella und

King Elvis jetzt jede Nacht so richtig breit machen. Die orthopädischen Hundekörbchen bleiben verwaist. Ich weiß aber ganz sicher, dass es nicht mehr die gleichen Decken sind. Die neuen haben noch nicht mal Federn!

Vielmehr hab ich gar nicht angestellt. Wie gesagt, ich war ein guter, dankbarer Hund. Immerhin haben meine Menschen mich aus dem Tierheim geholt. Ein paar Zahnabdrücke in Möbelstücken gehören ja wohl zum guten Ton und die achtzehn Eineinhalbliterflaschen Cola, denen ich die Hälse abgebissen habe, zählen nicht. Ich war einfach schon damals gegen Plastik und habe früh erkannt, dass der Trend in einigen Jahren wieder zurück zur Glasflasche gehen würde. Zugegeben, es war eine ziemlich klebrige Schweinerei, die da auf dem Küchenboden schwamm, aber ich war meiner Zeit eben weit voraus.

Die paar Pflanzen, die ich im Garten entwurzelt habe waren ein Kavaliersdelikt, gegenüber dem was meine Geschwister noch alles mit ihrem neuen Spielplatz anstellen werden. Dabei wünsche ich ihnen schon jetzt gute Unterhaltung. Im Vergleich zu Bella und Elvis war ich wirklich ein Waisenkind. Eben nicht nur im wörtlichen Sinne.

Das Einzige, was man mir ernsthaft vorwerfen kann, war mein Verhalten an der Leine. Mein Fluchtinstinkt war stärker, als meine doch schon sehr enge Bindung an meine Menschen. Da können sie mal sehen, wie sehr ich mich gefürchtet habe. Alles was ratterte und knatterte ließ mich zappeln wie ein Fisch an der Angel. Nur, dass ich eben ein sehr großer und schwerer Fisch war. Meine anfängliche Zurückhaltung beim Essen hatte immerhin dazu geführt, dass ich nach Strich und Faden mit Wurst und Fleisch verwöhnt wurde und mit den Jahren ein wenig moppelig wurde. Aber ich schweife ab. Ich möchte Ihnen ja hier nicht den Mund wässrig machen, sondern von meinen Problemen an der Leine erzählen. Mit ein bisschen Übung schaffte ich es, mich innerhalb kürzester Zeit in ein schlangenähnliches Wesen zu verwandeln. Es gab kein Halsband und kein Geschirr, aus dem ich mich nicht mit einem geschickten Sprung und einer Rückwärtsdrehung befreien konnte. Überhaupt war ich recht beweglich. Ich kletterte auf Bäume, wie ein Affe und überwand ohne Probleme den Gartenzaun. Die Nachbarn waren wenig begeistert. Vielleicht hatten sie Angst um ihre Kuh. Ich ahnte zu dem Zeitpunkt noch nicht, dass es auch Hunde mit schwarzen Punkten auf weißem Fell gab und dachte es handele sich um den Nachwuchs der recht beleibten Nachbarin. Immerhin ernährten sich beide von Pizza.

Ein neuer Zaun musste her, doppelt so hoch und unüberwindbar. Die Kühe verschwanden aus meinem Blickfeld. Ich glaube übrigens immer noch nicht recht, dass es ein Hund war. Im Gegensatz zu mir hat die Gefleckte nicht ein einziges Mal in unserem langen Leben gebellt.

Zum Glück gab es ja noch die Nachbarn auf der anderen Seite. Bei deren Vierbeiner handelte es sich ganz eindeutig um einen Hund. Eine Hundedame um genau zu sein. Die Gute war ein wenig schüchtern, aber sonst stand einer engen Freundschaft nur eins im Wege: ihr Frauchen! Die strenge Frau mit Brille war kein bisschen schüchtern, eher verklemmt. Wenn ich mit einem flotten Sprung in ihrem Garten landete und Kurs auf das Retrievermädchen nahm, hielt sie ihrem Waldorfschüler empört die Augen zu. Wahrscheinlich denken Sie jetzt, ich würde schon wieder abschweifen, aber diese Umstände sollten zu einer erheblichen Veränderung meines weiteren Lebens führen. Weder meine Menschen, noch ich selbst, ahnten welche Konsequenzen ihre Entscheidung haben würden.

Erst dachte ich, wir machen einen schönen Ausflug mit dem Auto. Das allein kostete mich schon Überwindung, denn Autofahren gehörte nicht zu meinen Lieblingsbeschäftigungen. Ich war ein wenig erschrocken, als ich den Parkplatz der Tierarztpraxis erkannte. Irgendwie muss ich wenig später eingeschlafen sein. Ich träumte von Leberwurst und Schinken. Als ich aufwachte, waren wir wieder zu Hause. Verwundert wollte ich mich, wie jeder gesunde Rüde, erst einmal gründlich an den Hoden lecken. Aber sie waren weg. Meine Suche blieb ergebnislos. Sie sind nie wieder aufgetaucht. Fortan war ich ein Rüpel. Ich pöbelte jeden Hund auf der Straße an, der seine Hoden bei sich trug. Schon die Blicke, die diese vollständigen Rüden mir zuwarfen, brachten mich auf die Palme. Es gilt also, Elvis um jeden Preis vor diesem Schicksal zu bewahren.

Ich hoffe, meine Menschen haben aus ihrem Fehler gelernt, denn es hat ihnen wirklich keinen Spaß gemacht, vierzig Kilo pöbelndes Lebendgewicht an der Leine auszuführen.

Sonst war ich aber wirklich ein sehr netter Hund. Ich habe ja bereits angesprochen, dass ich nicht so gerne im Auto mitfuhr. Dennoch habe ich mir die allergrößte Mühe gegeben, diese Notwendigkeit mit Fassung zu tragen. Natürlich pöbelte ich auch aus dem Auto heraus. Trotzdem durfte ich einige Male mit in den Urlaub fahren. Sogar die vielen Stunden bis Dänemark habe ich mich zusammengerissen. Auf der Autobahn liefen auch gar keine Hunde herum. Es waren ein paar nette Versuche, mir abseits der heimischen Straßen ein bisschen Natur zu bieten. Sand unter den Pfoten war eigentlich gar nicht so übel, aber Wasser akzeptierte ich nur in meinem Trinknapf. Schon bei Regen zog ich meine gemütliche Couch dem nassen Garten vor. Wie konnten meine Menschen da auf die Idee kommen, ich würde schwimmen wollen? Vielleicht haben sie da bei den beiden Kleinen mehr Glück. Boxer sollen ja sehr gerne ins Wasser gehen. Wir dürfen also gespannt sein, wie Bellas, Elvis' und ein bisschen auch mein Leben mit kurzer Schnauze nun weitergeht.

3.

Wir schreiben, vielleicht haben Sie ja mitgerechnet, inzwischen das Jahr zweitausendneunzehn. Es ist Januar. Den Jahreswechsel habe ich noch auf der Erde verbracht. Ich gebe zu, ich neige ein wenig zur Perfektion. Fast auf den Tag genau vierzehn Jahre habe ich meiner Familie und meiner Couch die Treue gehalten. Wobei das nicht ganz korrekt ist. Genau genommen schlief ich mittlerweile auf dem dritten Sofa. Am dreißigsten Januar erblickten Bella und Elvis das Licht der Welt. Wenn Sie ein aufmerksamer Verfolger der Nachrichten sind, erinnern Sie sich vielleicht an die Kältewelle in Nordamerika, über die an diesem Tag berichtet wurde. In Teilen North Dakotas sanken die Temperaturen sogar in lebensbedrohliche Bereiche. Aber ich will ja hier von den Boxern erzählen, nicht von den Amerikanern.

In meinem ehemaligen und in gewisser Weise auch zukünftigem Zuhause liefen während der nächsten Monate die Vorbereitungen auf den Familienzuwachs auf Hochtouren. Schon bevor die Entscheidung auf die beiden Kurznasen fiel, war klar, dass ein neuer Welpe einziehen sollte. Dies erforderte zunächst eine genaue Inspektion des Gartens. Ich hatte mit meinen vierzehn Jahren, sechs Monaten und 7 Tagen eine stattliche Größe erreicht. Vom Umfang wollen wir hier lieber nicht reden. Allerdings galt ich seit geraumer Zeit als Senior. Zumindest stand das auf der Verpackung meines Futters. Die Gelenke hatten sich, bevor ich die Flügel bekam, auch wirklich so angefühlt und ich war zu einem entsprechend ruhigem Vertreter meiner Spezies gewor-den. Der neue Vierbeiner, von zweien war ja noch nicht die Rede, würde sicher um einiges kleiner und agiler sein. Um seinen Ausbruch aus dem eigenen Revier zu verhindern, mussten zunächst die Zäune überprüft werden. Für eine ausreichende Höhe hatte ich ja schon in meiner Jugend gesorgt. Jetzt waren meine Menschen eher besorgt, das Hundebaby könnte drunter durch krabbeln. Jede noch so kleine Lücke wurde zugenagelt oder gleich mit Beton gefüllt. Ich fragte mich, ob sie die Anschaffung eines Meerschweinchens in Erwägung zogen. Übrigens lautete der Arbeitstitel der ganzen Aktion „Elvis", was mich natürlich in meiner Wahl des kleinen Rüden bestärkte. Ich kann mir auch nicht vorstellen, dass ich das Zeug zur Hündin gehabt hätte. Schließlich wollte ich von meinen Erfahrungen profitieren.

Nachdem die Entscheidung für die zwei Kurznasen in trockenen Tüchern war, folgte der Ankauf der bereits erwähnten orthopädischen Hundekörbe in Größe XL. Hinzu kamen zwei Gitterboxen für den artgerechten Transport der Welpen im Auto. Meine alte Kiste war wohl nicht mehr gut genug. Ich gebe zu, meine Zähne hatten im Laufe der Jahre Spuren hinterlassen und die Tür hing auch schief in den Angeln. Immerhin besaß meine Familie den Anstand, das Ding nicht einfach zu entsorgen. Ich freute mich später doch sehr über das Wiedersehen auf der überdachten Terrasse, wo meine geliebte Box nun einen schattigen Liegeplatz bot.

Der Garten verwandelte sich nach und nach in einen Hundespielplatz. Ich kann mich gar nicht erinnern, selbst einen Welpentunnel besessen zu haben. Für die gesunde Entwicklung der Boxer schien die Röhre aber von großer Bedeutung zu sein.

Ebenso wie die Schaukel, die am Stamm meines alten Nussbaums montiert wurde. Diese sollte den jungen Hunden die Angst vor beweglichen Untergründen nehmen. Ich glaube nicht, dass ich in meinem langen Leben einmal eine Hängebrücke oder eine Rolltreppe gesehen, geschweige denn betreten habe und fragte mich allmählich, welche Expeditionen meine Menschen mit den Boxern planten. Vermutlich wollten sie aber einfach nur alles besser machen.

Zur Ausstattung der Welpen gehörten natürlich auch eine Menge Spielzeuge. Die Meisten haben die ersten Wochen nicht unbeschadet überstanden. Die Anschaffung der diversen, hilfreichen Bücher zum

Thema Welpenerziehung hat Gina, Petzi und mich hier oben auf der Wolke dann doch zum Schmunzeln gebracht. Schließlich waren es die Hunde vier und fünf, deren Einzug da gerade vorbereitet wurde.

Meine Futternäpfe durften bleiben. Es war schließlich noch gar nicht so lange her, dass die glänzenden Edelstahltöpfe gegen Neue der gleichen Art ausgetauscht wurden. Allerdings wurde der Bestand um ein weiteres Paar ergänzt, auf dessen Rändern sich lustige Knochen tummelten. Das niedliche Design konnte weder Mensch noch Hund sehen, wenn die Dinger in der Futterbar standen, die größeren Rassen eine artgerechte Nahrungsaufnahme ohne Bücken ermöglicht, aber soweit waren die Winzlinge ja noch lange nicht.

Für ihre ersten Spaziergänge mussten winzige Halsbänder angeschafft werden. Sie dürfen gerne raten, für welche Farben sich mein Frauchen entschieden hat. Ach, lassen Sie es lieber, Sie kommen ja doch nicht drauf. Die Garderobe im Flur zierten jetzt zwei niedliche Halsbänder in rosa und himmelblau. Ich fragte mich ein weiteres Mal, ob ich etwas falsch verstanden hatte. Ich selbst hätte mich mit so etwas nie in der Öffentlichkeit blicken lassen. Vielleicht hatte ich den Moment verpasst, als meine Familie sich doch für die Anschaffung von Yorkshire Terriern statt Boxern entschieden hatte. Bella und Elvis haben die Halsbänder dann auch nie getragen. Erst waren sie ein wenig zu groß und dann ganz plötzlich zu klein. Die passenden Leinen waren aber durchaus ein paar Wochen im Einsatz.

Gekrönt wurden die Vorbereitungen auf den Einzug mit der Anschaffung neuer Decken für die orthopädischen Hunde-körbe. Selbstverständlich kamen auch hier die oben erwähnten Farben zum Einsatz, diesmal mit aufgestickten Namenszügen. Ich muss Ihnen wahrscheinlich nicht erklären, dass die rosa Decke für Bella und die blaue für Elvis gedacht war. Leider hat es niemand den Hunden erklärt. Da die Körbchen verlassen im Schlafzimmer standen, kamen die reizenden Decken überall dort zum Einsatz, wo Unterlagen gebraucht wurden. Auf dem Sofa, im Auto, ja sogar im Garten auf der Hollywoodschaukel. Nur lag in den meisten Fällen der falsche Hund drauf.

Zur Erstausstattung der neuen Familienmitglieder ist nun alles gesagt und ich hoffe, ich konnte Ihnen einen Eindruck verschaffen, mit welch großer Vorfreude Bella und Elvis erwartet wurden. Auch ich wartete sehnsüchtig auf den Tag, an dem der Umzug endlich stattfinden sollte.
Dummerweise hatten meine Menschen eine Ferienreise gebucht, bevor sie die Boxer kennenlernten. Ich glaube, es war

das erste Mal, dass sie das Ende des Urlaubs gar nicht abwarten konnten. Das Wiedersehen mit den Hunden duldete dann auch keinen weiteren Aufschub. Es hätte nur noch gefehlt, dass sie das Flugzeug mit Fallschirmen verlassen hätten, aber vermutlich hätte das die Sache auch nicht wesentlich beschleunigt. Meine Familie drängelte aus der engen Blechbüchse, sobald die Maschine zum Stillstand gekommen und die Türen geöffnet waren. Ihr Weg führte sie vom Flughafen direkt zu Bella und Elvis. Den Heimweg traten alle gemeinsam an. Mit der ersten Autofahrt in der Gitterbox konnte das Abenteuer des Zusammenlebens endlich beginnen.

4.

Vermutlich sind Sie geistig sehr angespannt. Sie haben viele Ideen, eine folgt der anderen so schnell, dass Sie diese kaum auf ihre Realisierbarkeit prüfen können. Ihre Vorstellungskraft ist stark ausgeprägt und Sie werden leicht ungeduldig wegen des trägen Verlaufs der Dinge.

Wenn Sie wollen, kann dieser Tag zu einer wertvollen Erfahrung für Sie werden. Eine Stimmung oder auch äußere Geschehnisse lassen die Lasten und Pflichten des Alltages kleiner erscheinen. Hindernisse verschwinden scheinbar. Lassen Sie sich jetzt zu Neuem inspirieren!

Das richtige Wort am richtigen Ort wirkt heute besondere Wunder. Der persönliche Austausch mit Ihrem Partner, mit Kollegen oder auch mit einem Unbekannten kann zu einer wohltuenden Bereicherung dieses Tages werden. Vorsicht bei wichtigen Verhandlungen: Ihre Zunge ist ziemlich locker und Gefühle spielen mehr mit, als Ihnen lieb ist.

(Quelle: News.de 04. Mai 2019)

Ihr Horoskop hatte mein Frauchen noch im Flugzeug gelesen. Irgendwo mit musste sie sich schließlich die Zeit bis zur Landung vertreiben. Das mit der Ungeduld traf schon mal zu. Wichtige Verhandlungen standen nicht bevor, wie viel

Herrchen für die Welpen locker machen musste, war schon lange klar und angezahlt waren sie auch. Dagegen war ich als Tierheimhund ein richtiges Schnäppchen. Ich finde es schon erstaunlich, dass man für so ein kleines pelziges Bündel viel mehr bezahlen muss, als für einen ausgewachsenen Hund. Schließlich weiß man ja noch gar nicht, wie sich der neue Freund entwickelt. Adelig sind meine Geschwister übrigens auch nicht. Nun hieß es also abwarten, wie genau das Neue aussehen würde, zu dem Bella und Elvis Frauchen inspirieren sollten.

Die Gitterbox im Kofferraum der Familienkutsche war mit einem weichen Kissen und diversen Decken gepolstert. Ich freute mich wirklich tierisch auf zu Hause, denn zum Glück durfte ja auch ein Teil von mir mit Elvis zurück in die alte Heimat. Leider war das Autofahren, wie ich bereits erwähnte, noch nie so mein Ding und jetzt kam auch noch die Aufregung hinzu. Bellas tapsige Versuche, in der Box herum zu hüpfen, machten es nicht gerade einfacher. Ich versuchte wirklich mich ein bisschen zu entspannen, aber die knappe Stunde Fahrzeit fühlte sich fast an wie die zwölf Stunden bis Dänemark. Meinen Menschen schien es ähnlich zu gehen. Sie versuchten zwar mit vereinten Kräften beruhigend auf die neuen Familienmit- glieder einzureden, aber ich konnte ihre freudige Erwartung geradezu riechen. Selbst für zwei unerfahrene Hunde wie Bella und Elvis waren ihre Gefühle einfach zu deuten.

Wir hatten noch nicht einmal die Hälfte der Strecke geschafft, als der Sohn der Familie angewidert die Nase rümpfte.

„Sagt mal", entfuhr es ihm, „hat hier einer gepupst?"

Frauchen ließ vorsichtshalber das Seitenfenster runter. Die hereinströmende Frischluft konnte den markanten Geruch aber schon nicht mehr vertreiben.

„Boaahhh" und „puuuhhh", klang es nun bereits dreistimmig durch den Wagen.

Die konnten sich aber auch anstellen da vorne. Bella und Elvis hatten viel größere Probleme, dem Malheur irgendwie auszuweichen. Keiner von ihnen wollte verschmiert und stinkig im neuen Zuhause ankommen. Dass Menschen den Geruch unserer Ausscheidungen nicht unbedingt mögen, hatten sie in den ersten Lebenswochen bereits gelernt.

Herrchen lenkte den Wagen von der Autobahn, sobald der erste Parkplatz in Reichweite war. Vorsichtig wurden die Welpen aus der Transportbox geholt und angeleint, damit sie sich im nächsten

Grünstreifen erst einmal lösen konnten, während Frauchen die Sauerei wegmachte. Aufregung ist mir schon immer auf den Darm geschlagen. Mein letzter Besuch in einer Tierarztpraxis liegt schon eine Weile zurück. Zur großen Erleichterung meiner Menschen, macht der Tierarzt nun Hausbesuche. Aber dieser letzte Aufenthalt in den Praxisräumen ist uns wohl allen in Erinnerung geblieben. Es hatte wirklich gar nichts mit Markierverhalten zu tun, dass ich während der Impfung ein Häufchen machte. Jetzt waren aber alle so aufgeregt, dass es für immer ein Geheimnis bleiben wird, ob nun Bella oder Elvis für den fürchterlichen Gestank im Auto verantwortlich war. Ich selbst erinnere mich auch nicht mehr.

Zwischen den hohen Grashalmen des Autobahnparkplatzes tapsten also nun acht Pfoten herum. Vier ziemlich Kleine an einer rosa und vier etwas Größere an einer himmelblauen Leine. Überraschenderweise setzten sich beide Hunde hin und machten Pipi. Natürlich war Elvis noch nicht in der Lage, das Bein zu heben, wie es ein richtiger Rüde tun sollte. Ich musste peinlich berührt wegsehen, als er da wie ein Mädchen im Gras hockte. Um die Hundebabys herum brach lauter Jubel aus. Da wurde gelobt und getätschelt, dass die anderen Parkplatznutzer schon etwas verwirrt herübersahen. Es ging schon los mit der positiven Verstärkung. Immerhin schien Frauchen die vielen klugen Bücher wirklich gelesen zu haben. Allerdings sind wir anderen drei Hunde auf die gleiche Art und Weise ohne Bücher stubenrein geworden. Tatsächlich sollte sich wenig später herausstellen, dass es, was die Sauberkeit von Bella und Elvis anging, gar nichts mehr zu erziehen gab. Ich muss zugeben, Boxer sind schon helle Köpfchen. Hätte ich den Kurzschnauzen gar nicht zugetraut. Sie haben sofort kapiert, wo das Klo ist und blieben sogar von Anfang an nachts dicht. Naja gut, ich war natürlich mit den Örtlichkeiten vertraut und konnte ein paar hilfreiche Tipps geben.

Nachdem diese erste gemeinsame Unternehmung nun erfolgreich gemeistert war, konnte die Fahrt endlich fortgesetzt werden. Die letzten Kilometer waren ein Kinderspiel und endlich konnten Bella und Elvis ihr neues Zuhause entdecken.

Man hätte meinen können, die Beiden hätten nie woanders gewohnt. Sie stürzten sich gleich nach ihrer Ankunft mit Begeisterung auf die bereitstehende Spielzeugkiste und stellten erfreut fest, dass alles in zweifacher Ausführung vorhanden war. Das sollte sich im Laufe ihres Lebens noch ändern, aber erst einmal gab es keine Eifersüchteleien unter den Geschwistern. Ich gebe zu, es war schon eine Freude den

Garten wiederzusehen, von dem ich mich vier Monate vorher ausgiebig verabschiedet hatte. Frauchen war es nicht entgangen, dass ich, bevor mich die Kräfte endgültig verließen, eine ausgiebige Runde durch mein Revier gedreht hatte. Natürlich hatte sich hier nun ein bisschen was verändert, aber das konnte meine Freude nicht trüben. Im Gegenteil. Die Arbeit hatte sich gelohnt und jetzt rannten zwei quirlige Minihunde über den Rasen, der in wenigen Monaten schon nicht mehr da sein würde. Aber das ahnte zum Glück noch niemand.

Nach der Anreise, dem Spielen und Toben waren die kleinen Boxer ziemlich müde.

Als ersten Platz für ein ausgedehntes Schläfchen wählten sie das Sofa. Ich hätte an dieser Stelle gerne gesagt, dass es da schon vorbei war mit der Erziehung, aber auf dem Sofa lagen, genau wie zu meiner Zeit, Decken für die Hunde bereit. So viel konnte ich nicht falsch gemacht haben, wenn unsere Menschen den Platz gerne wieder mit uns teilen wollten. Frauchen und Herrchen waren nun anderweitig beschäftigt. Unsere Familie war schließlich gerade erst aus dem Urlaub zurück gekommen. Die Koffer hatten bis vor wenigen Minuten noch unbeachtet im Flur gestanden. Jetzt, wo allmählich Ruhe einkehrte, konnten sie ausgepackt und die Wäsche gewaschen werden. Es würde wohl Abend werden, bis sich wieder ein Hund in Frauchens Armbeuge kuscheln konnte. Aber das machte gar nichts, der Sohn der Familie war nur allzu gerne bereit, die Neuankömmlinge auf seinem Schoß schlafen zu lassen. So saß er auch dann noch da, als ihm seine Arme, in denen wir alle friedlich schlummerten, längst lahm geworden waren.

Dann, einige Stunden später, ereignete sich rückblickend, in der Stille der Nacht ein kleines Wunder. Frauchen und Herrchen hatten den Zwergen ihre Körbchen im Schlafzimmer, gleich neben dem großen Doppelbett gezeigt. Bella und Elvis entschieden sich, die erste Nacht im neuen

Zuhause zusammen in einem Korb zu verbringen. Dort schliefen sie viele Stunden und völlig unfallfrei bis zum nächsten Morgen. Es sollte die erste und einzige Nacht sein, die beide Hunde außerhalb des Menschenbetts verbrachten und die letzte Nacht, in der Frauchen und Herrchen die Beine ausstrecken konnten. Sie endete damit, dass Frauchen morgens beim Aufwachen begeistert über die ruhige Nacht und das freudige Wiedersehen, einladend auf die Bettdecke klopfte und die beiden Fellbündel ausgiebig knuddelte.

5.

Die Freiheit feiern

Der Befreiungstag wird jedes Jahr am 5. Mai gefeiert. In diesem Augenblick wird einem klar, welches Glück es ist, in einem Land zu leben, wo die Menschen in Freiheit leben. Man denkt auch über die Tatsache nach, dass es viele Orte auf der Welt gibt, wo dies nicht der Fall ist.

(Quelle: hol-land.com)

Tatsächlich feiert man in den Niederlanden am fünften Mai den Jahrestag der Befreiung von 1945. Obwohl Bella und Elvis natürlich keine echten Niederländer sind, durften sie nun immerhin als Solche aufwachsen. Neben der liberalen Einstellung zu Hunden hat das Land uns Vierbeinern einiges zu bieten, aber dazu später. Eines möchte ich aber gleich vorweg nehmen. Ich habe mehr als ein Jahrzehnt lang ein Mal in der Woche eine Bratrolle verzehrt und bin ein sehr, sehr alter Hund geworden. In den Niederlanden sagt man übrigens Frikandel und betont das Wort hinten. Ich schweife schon wieder ab. Es geht ja hier um die Befreiung. Nun leben in den Niederlanden nicht nur die Menschen in einem freien Land, sondern in einem gewissen Rahmen auch die Hunde. Es half aber alles nichts, für ihren ersten Ausflug mussten die kleinen Boxer trotzdem an die Leine. Das entsprach nicht ganz ihrer Auffassung von Freiheit. Bis auf die wenigen angeleinten Momente bei ihrer Hundefamilie und den Zwischenstopp auf der Autobahn waren ihnen diese Stricke bislang erspart geblieben.

Ich erwähnte ja bereits, dass ich selbst kein großes Vorbild in Sachen Leinenführigkeit war, und so lag meiner Familie dieses Thema besonders am Herzen. Für große erzieherische Maßnahmen war es noch ein wenig früh, aber mit der positiven Verstärkung konnte man ja schon mal beginnen. Viel zu loben gab es aber noch nicht. Die Boxer zerrten an den rosa und hellblauen Riemen und liefen ihren Besitzern ständig vor die Füße, weil sie jedes noch so kleine Unkraut genau untersuchen mussten. Zum Glück war dieser erste Spaziergang bereits nach wenigen Minuten überstanden. Frauchens schlaue Bücher sahen eine Faustregel von fünf Minuten pro Lebensmonat vor. Da die Welpen gerade einmal drei Monate alt waren, durften sie aus Rücksicht auf ihre Bänder, Sehnen und Gelenke gerade mal fünfzehn Minuten am Stück laufen. Wenn Sie nun noch bedenken, dass jeder Hund in eine andere Richtung zieht und jeden Grashalm am Wegesrand beschnuppert, können Sie sich ungefähr ausrechnen, wie weit man in diesen paar Minuten laufen kann. Vor allem unser Frauchen sollte während der nächsten Monate ausreichend Gelegenheit bekommen, jeden Pflasterstein in der Nachbarschaft persönlich kennenzulernen, und das nicht nur beim Betreten, sondern auch beim Aufheben von....Sie wissen schon. Allerdings würde diese, aus unserer Sicht merkwürdige, Handlung erst in einigen Wochen zum Problem werden.

Nun soll man so einen Welpen gut sozialisieren. Das heißt, man soll ihn Stück für

Stück mit allen Menschen, Tieren und Dingen bekannt machen und dabei stets die Ruhe bewahren. Was sich nun so schön und logisch liest, ist im Alltag nicht immer einfach umzusetzen. Sie erinnern sich bestimmt, dass meine Familie gerade erst aus dem Urlaub zurückgekehrt war. Während ihrer Abwesenheit hatten Verwandte die Vögel und das Haus versorgt. Diese Verwandten, selbst keine Hundebesitzer, stießen nun gleich beim ersten richtigen Spaziergang als zusätzliche Begleiter zu meiner Familie. Schließlich mussten sie ja noch den Hausschlüssel zurückgeben. Sie hatten allerdings nicht damit gerechnet, im Stechschritt hinter acht angeleinten Pfoten her zu rennen.

Eine Unterhaltung mit Herrchen und Frauchen war unmöglich. Zum Glück stießen nun auch Oma und Opa zu der kleinen Gruppe. Die waren mit in Urlaub gewesen, hatten nun ihre Koffer fertig ausgepackt und wollten endlich die neuen Enkelkinder kennenlernen. Da sie, wie alle Großeltern, im späteren Leben von Bella und Elvis eine größere Rolle spielen würden, war das auch ihr gutes Recht. Schließlich war auch ich einer ihrer größten Fans. Mit den quirligen, neuen Enkeln konnten sie aber nicht Schritt halten und so hatten die übrigen Verwandten wenigstens neue Gesprächspartner.

Wieder zu Hause angekommen, wollte Oma die beiden Süßen erst einmal richtig kennenlernen. Bella fand sich auf Opas Arm wieder, und erforschte gründlich dessen Nase, während Elvis seine spitzen Milchzähne in Omas Ohrläppchen bohrte. Opas blutige Nase war aber sofort vergessen, als Oma feststellte, dass ihr ein Ohrring fehlte. Nun war die Aufregung groß. Was, wenn klein Elvis das Schmuckstück verschluckt hatte? Die Suche nach dem winzigen Gegenstand blieb ergebnislos. Oma musste den Heimweg mit nur einem Ohrring antreten, beruhigte sich selbst aber damit, dass sie den anderen bestimmt schon im Flugzeug verloren hatte. Elvis wurde mit Argusaugen beobachtet, jede seiner Ausscheidungen genauestens untersucht. Es dauerte noch Wochen, bis Oma den verloren geglaubten Ohrring unter ihrer Matratze fand. Sie hatte sich inzwischen bereits Ersatz besorgt.

Dennoch bot dieser Befreiungstag tatsächlich ein Gefühl von Freiheit. Für Herrchen, der schließlich noch Urlaub hatte und das Zusammensein mit den Boxern in vollen Zügen genießen konnte und für die Hunde, die an diesem Abend zum ersten Mal im großen Bett schliefen. Dennoch konnte sich Herrchen am Abend die Frage nicht verkneifen, wann denn die Welpen an der Leine in die Richtung gehen würden, die er vorgab. Lesen mochte Herrchen nicht und so hatte er sich aus den schlauen Ratgebern höchstens vorlesen lassen. Frauchen nahm an, es müsse sich um eine rein rhetorische Frage handeln. Sie selbst konnte sich weder erinnern, noch Hellsehen, gab sich aber größte Mühe, die Sache positiv zu sehen und hart daran zu arbeiten.

Freiheit, das bedeutete für Bella und Elvis in den nächsten Wochen und Monaten die zum Teil recht großen, eingezäunten Hundeplätze, die erkennen ließen, dass die Hundesteuer hier wenigstens einen Sinn ergab und auf denen sie nach Herzenslust Toben und Rennen konnten, und Freiheit, das waren auch die vielen Artgenossen, die im Laufe der Zeit zu Kumpels wurden. Freiheit, das war Spielen im Garten und dabei alles verwüsten, was nicht aus Beton oder Stein war. Nur die größeren Bäume haben die Angriffe der scharfen Zähne und spitzen Krallen ohne Blessuren überstanden.

Was nun folgte, war tatsächlich eine Menge Arbeit und viel Training. Die Welpen wurden zu Junghunden und machten schnell Fortschritte. Jeder Erfolg verschaffte ihnen mehr Freiheit, die sie zusammen genießen durften. Die schlauen Bücher waren in vieler Hinsicht gute Ratgeber, aber eine Warnung hat sich nicht bestätigt, sondern meine Familie nur noch mehr angespornt. Man kann auch

Geschwister erziehen, man muss es nur wollen, und es stimmt auch nicht, dass ihre Beziehung untereinander enger sein wird, als die zu ihren Menschen. Zumindest nicht im Fall von Elvis und Bella. Aber lesen Sie selbst.

6.

Sie war ein Blümlein hübsch und fein,

Hell aufgeblüht im Sonnenschein.

Er war ein junger Schmetterling,

Der selig an der Blume hing.

Oft kam ein Bienlein mit Gebrumm

Und nascht und säuselt da herum.

Oft kroch ein Käfer kribbelkrab

Am hübschen Blümlein auf und ab.

Ach Gott, wie das dem Schmetterling

So schmerzlich durch die Seele ging.

Doch was am meisten ihn entsetzt,

Das Allerschlimmste kam zuletzt

Ein alter Esel fraß die ganze

Von ihm so heiß geliebte Pflanze.

(Quelle: Busch, Wilhelm 1832-1908)

In der zu Rate gezogenen Fachliteratur hatte es bereits konkrete Hinweise auf die Erforderlichkeit gegeben, jeden Hund einzeln zu sozialisieren. Aber auch ohne die Anschaffung der Bücher hätte Frauchen schnell herausgefunden, dass sie mit jedem Boxer einzeln spazieren gehen musste. Mindestens ein Jahr lang, hatte in dem Text gestanden, und Frauchen fragte sich, wie dieser Zusatz zu verstehen war. Endete dieser Zustand ganz plötzlich mit dem ersten Geburtstag der Hunde oder ein Jahr nach ihrem Einzug? Sie hielt es aber für wahrscheinlicher, dass es sich hier nur um eine grobe Schätzung handelte und die Sozialisierung der Beiden vollständig abgeschlossen sein musste, bevor es einer einzelnen Person gelingen konnte, beide Boxer gleichzeitig auszuführen. Möglicherweise musste sogar die Pubertät überstanden sein. So führte mein Frauchen fortan an jedem Werktag in den Vormittagsstunden erst Elvis und dann Bella aus. Diese Reihenfolge hatten die Vierbeiner selbst festgelegt. Bella war zu diesem Zeitpunkt einfach der Hund mit dem größeren Appetit und mit Leckerli gut zu vertrösten, während Elvis ein Riesengeheul anstimmte, wenn er vor seinem Spaziergang allein bleiben musste. Wahrscheinlich ist das unter anderem auch auf meinen Freiheitsdrang zurückzuführen. Wobei ich anmerken möchte, dass ich keinerlei Probleme mit dem Alleinbleiben hatte. Für den Anfang reichten also fünfzehn Minuten und Frauchen hatte die ganze Prozedur, wenn es gut lief, nach einer halben Stunde überstanden. Natürlich lief es meistens nicht so gut. Elvis, der es gar nicht abwarten konnte, bis es endlich losging, legte sich flach auf den Boden und verweigerte nach einigen Minuten jede Mitarbeit. Obwohl der kleine Kerl ein bisschen dünn war, muss er wohl schon um die zehn Kilo gewogen haben und Frauchen schleppte sich den Buckel krumm. Bei Bella beschränkte sich das Hinlegen meistens auf Begegnungen mit Artgenossen oder Dingen, die ihr nicht ganz Geheuer waren. Aber auch sie wurde regelmäßig zur nächsten Straßenecke getragen. Das Gewicht der Boxer war Frauchen und Herrchen von den Treppen zum Schlafzimmer bestens bekannt. Zur Schonung der Heranwachsenden wurden die Herrschaften nämlich abends hinauf und morgens hinunter getragen. Artgenossen gab es reichlich und mit den meisten durften Bella und Elvis nach Herzenslust spielen. Radfahrer und Jogger wurden ebenso verwundert bestaunt, wie Kinderwagen und Mülltonnen. Aber es gab ja noch viel größere, angsteinflößendere Verkehrsteilnehmer. So kam es, das Frauchen auch mal mit einem Boxer auf der Bordsteinkante hockte und dem Müllauto zusah oder die Menschen beim Aussteigen aus einem Bus beobachtete. So einen Hund darf man nicht einfach weiterzerren. Man muss ganz entspannt bleiben, sonst könnte das arme Tier einen nicht wiedergutzumachenden Schaden erleiden. Aus den fünfzehn Minuten wurden da auch mal schnell zwanzig oder sogar dreißig und mit zunehmendem Alter wurden die Spaziergänge ohnehin länger. Es kam der Tag, an dem Frauchen sich fragte, wann das Jahr wohl um sein würde und in Gedanken die Kilometer überschlug, die sie nun schon gelaufen sein musste. Die Sozialisierung hat übrigens hervorragend funktioniert. Bella und Elvis vertragen sich mit jedem anderen Hund und sind freundlich zu allen Menschen. Das Hinlegen wurde mit der Zeit weniger. Diese Position nahmen sie bald nur noch ein, wenn sie einen möglichen Spielkameraden erspähten. Bella hat ein bisschen länger dazu gebraucht, ihre Enttäuschung zu verbergen, wenn sie nicht von jedem Passanten begrüßt wurde. Überhaupt hatte Elvis in Sachen Leinenführigkeit ein bisschen die Nase vorn. Sobald er das Haus verlassen, und sein Trick funktioniert hatte, war er den Leckerli durchaus zugetan und bereit, dafür schön bei Fuß zu gehen, während Bella unterwegs kaum Interesse an Futter zeigte. Unterwegs gab es so viel Interessanteres zu entdecken.

An den Wochenenden hatten natürlich auch Herrchen und der junge Student Zeit für Ausflüge in die Natur. An das Autofahren haben sich Bella und Elvis recht schnell gewöhnt. Immerhin brachte sie die Schaukelei an viele schöne Orte, wo ausgedehnte Spaziergänge durch Wälder und über Felder das Stadtleben ablösten. Das Malheur ihrer ersten Autofahrt hat sich zum Glück nicht wiederholt. Dafür schimpfte Herrchen jetzt hin und wieder über die vielen Haare im Auto und die Hundenasenkunst auf den Scheiben.

In der Natur verlangte auch niemand, dass die jungen Hunde bei Fuß liefen. Ihre meterlangen Schleppleinen ermöglichten ihnen ausgiebiges Schnüffeln und Erkunden. Die Menschen waren manchmal ein wenig gestresst, wenn sich die Leinen mal wieder hoffnungslos verheddert hatten, aber die Boxer hatten ihren Spaß. So richtig traute sich meine Familie nicht, die jungen Wilden ganz von den Leinen zu lassen. Zwar hatten sie schon eine so feste Bindung an ihre Menschen, dass es auch mal richtige Eifersüchteleien zwischen Elvis und Bella gab, aber in diesem Punkt vertrauten alle den schlauen Büchern. Die Hunde müssten nur einen Blick tauschen, um dann gemeinsam Durchzubrennen. Zu zweit traut man sich schließlich mehr als alleine. Dummerweise wurden die Boxer mit der Zeit immer schwerer. Stoppen Sie mal einen Boxer, der sich mit voller Wucht in die Schleppleine wirft. Frauchen und Herrchen hat es gleich mehrfach den Boden unter den Füßen weggezogen. Meistens nahmen sie es mit Humor. Jedenfalls glaube ich das, es lachten immer nur die Personen, die gerade nicht mühsam versuchten auf die Beine zu kommen. An einem warmen, aber regnerischen Tag im Spätsommer erreichte meine Familie einen Fluss am Waldrand. Das Ufer war steil und rutschig, aber Herrchen und Frauchen wollten Bella und Elvis unbedingt an das flache Wasser lassen. Der Fluss plätscherte fröhlich, aber recht schnell dahin und Herrchen kamen Zweifel, ob der Abstieg eine gute Idee war. Frauchen hatte sich bereits auf den Weg gemacht und suchte Halt, an einem der recht dicken, tief hinunterreichenden Äste eines dicht belaubten Baumes. Bella war an ihrer Schleppleine schon voraus gerannt und hatte das Ufer beinahe erreicht, als auch Frauchen das Unternehmen als zu gewagt einstufte und kehrt machen wollte. Dafür hätte sie aber den Ast loslassen müssen, ohne dessen Unterstützung sie auf dem rutschigen Untergrund und mit Bella als Gegengewicht keinen Halt mehr finden konnte. Der junge Student hielt Elvis kurz, während sein Vater nun versuchte zu verhindern, dass Bella und Frauchen vom Fluss davon getragen würden. Frauchen waren vor Lachen die Kräfte ausgegangen und sie konnte nichts anderes tun, als sich im Matsch auf die Knie fallen zu lassen. Während Herrchen mit Mühe Bellas Schleppleine einholte, krabbelte Frauchen zurück auf den Waldweg. Über diesen Sturz haben alle noch lange gelacht und auch ich konnte mir das Schmunzeln nicht verbeißen. Ernst wurde es erst, als Elvis schon ein Gewicht von mehr als dreißig Kilo auf die Waage brachte und Frauchen ihrem gut erzogenen Hund zu viel Vertrauen schenkte. Das Wetter zeigte sich mal wieder von seiner nassen Seite und die Wiesen waren rutschig. Elvis hatte auf einem Feldweg Spaziergänger in Regenkleidung und mit Schirm entdeckt. Diese Spezies war ihm noch fremd, zumal die Gesichter nicht zu erkennen waren. Herrchen hatte mit Bella bereits die nächste Wiese erreicht, während Elvis abwartend auf dem Feldweg sitzen geblieben war, um sich diese komischen Gestalten aus der Nähe anzusehen. Frauchen gestattete das dem immer freundlichen Elvis im Rahmen seiner Sozialisierung, die eigentlich längst abgeschlossen war. In hab Acht Stellung aber mit lockerer Leine posierte Frauchen neben ihrem Hund. Spannung auf der Leine soll ja nur Unsicherheit bringen, also gilt es dies zu vermeiden. Aus gebührendem Abstand betrachtete Elvis die Verhüllten und kam zu dem Schluss, dass es sich um ganz normale Menschen in Plastik eingewickelt handelte. Er verlor das

Interesse, bog scharf nach links in die Wiese ab und rannte los, um seiner Schwester zu folgen. Die Schleppleine rauschte Frauchen durch die Hände, spannte sich, als die volle Länge erreicht war und hob sie von den Füßen. Loslassen war keine Option, durch die Handgelenksschlaufe war Frauchen sicher mit Elvis verbunden. Der rannte einfach weiter und bemerkte nicht, dass sein Frauchen bäuchlings auf der Wiese landete. Er zog sie noch einige Meter über das rutschige Gras, bis er seine Schwester endlich erreicht hatte. Seit diesem Tag habe ich die Schleppleinen nicht mehr gesehen.

Dennoch glaube ich mit Fug und Recht sagen zu können, dass die Erziehung meiner Geschwister mit jedem Tag Fortschritte machte. Es wurde nicht nur während der Spaziergänge und im Garten trainiert, unser Frauchen integrierte die Übungen auch in ganz alltägliche Handlungen. Die Boxer folgten ihr sowieso auf Schritt und Tritt und schließlich konnte sie sich nicht den ganzen Tag nur um die Vierbeiner kümmern. „Sitz" beherrschten die Beiden, wie vermutlich alle Hunde, als erstes. Wenig später reagierten sie auf „Platz" und "Bleib"."Bei Fuß" klappte im Garten erst besser als auf der Straße, aber je weniger sie sich ablenken ließen, je zuverlässiger wurden ihre Erfolge. Gegen das ewige Hinlegen bei den Begegnungen mit anderen Hunden führte Frauchen das Kommando „auf" ein, das fortan fester Bestandteil des Trainings war. Die Boxer kamen wenn sie gerufen wurden und meistens reichte sogar ein Pfiff. Sie lernten zu Apportieren und damit die Bedeutung von „aus". „Pfui" war ihnen recht schnell ein Begriff, was aber nicht hieß, dass sie alle so betitelten Dinge dauerhaft in Ruhe ließen. Im Garten lernten Elvis und Bella über Hürden zu springen und Slalom zu laufen. Ich würde fast behaupten, die Boxer taten nichts lieber, als irgendwas zu lernen.

Das machte sich im Alltag bezahlt. Schon im zarten Alter von vier Monaten konnten sie Dinge, die ich in meinem ganzen Leben nicht gelernt habe. Allmählich verstand ich, was der Grund für die Anschaffung der vielen Bücher war. Ich habe vierzehn Jahre lang den Staubsauger angebellt und Frauchens Ohren damit keine Freude bereitet. Elvis und Bella lieben den Staubsauger. Wenn das Gerät aus dem Schrank geholt wird, wissen sie, dass es Zeit fürs Training ist. Frauchen teilt ihnen einen Platz zu, der gerade nicht gesaugt wird. Dort machen sie „sitz" oder „platz" und „bleib" bis ein Positionswechsel angesagt ist. Sie verfolgen den Vorgang des Staubsaugens aufmerksam und wissen meist schon, wo ihr nächster Platz sein wird. Natürlich werden sie gebührend mit

Leckerli belohnt. Sie würden nie den Fehler begehen, über einen feuchten, frisch gewischten Boden zu laufen und sie kennen sich bestens im Schlafzimmer aus. „Betten machen" bedeutet nämlich, dass man sich danach nicht mehr hineinlegt. Während des Bettenmachens warten Bella und Elvis höflich in ihren Körbchen und verlassen anschließend den Raum.

Für ihre Spürnasen werden ihnen Such-spiele geboten. Das funktioniert im Haus genauso gut wie im Freien und die beiden spüren wirklich jedes Leckerli auf. Wer hätte nun gedacht, dass Boxer mit ihren kurzen Nasen so gut schnüffeln können.

Wie ich zu Anfang schon erwähnte, gab es eine Menge Spielzeuge für Welpen, die nicht lange überlebt haben. Die Freude über die doppelt vorhandenen Quietsch- und Kuscheltiere hielt nicht lange an. Bald schon musste Elvis das Spielzeug haben, mit dem sich Bella gerade beschäftigte und umgekehrt war es auch nicht besser. Dieser Zerreißprobe hielten nur wenige Gegenstände stand. Wenn meine Familie einen Moment nicht aufpasste, kämpften die Boxer um ein Sofakissen, bis die Fetzen flogen. Hinterher haben sie dann immer so harmlos geguckt, als seien die Kissen einfach explodiert. So richtig geglaubt hat ihnen das aber keiner. Mit hundegerechten Kauknochen haben unsere Menschen versucht, das Kauver- halten von Elvis und Bella in geordnete

Bahnen zu lenken. Leider hatte das keinen guten Einfluss auf die Verdauung und so wurden die Knochen vorerst wieder vom Speiseplan gestrichen. Auch Oma und Opa mussten für eine Weile auf derartige Geschenke verzichten. Ich meine natürlich für die Hunde!

Das bringt mich zurück zur Familie. Ihr familiäres Umfeld mussten die Boxer ja auch noch kennenlernen. Nachdem sie sich zu Hause so richtig gut eingelebt hatten, durften sie Oma und Opa zum ersten Mal in ihrem Haus und Garten besuchen. Gleich nebenan wohnen Tante und Onkel. Was war das für eine Freude, als Bella und Elvis bei der Gelegenheit Bekanntschaft mit meinem alten Kumpel, dem Labrador Ben machen konnten! Leider blieb es bei der einen Begegnung. Nur wenig später ist Ben zu uns hier oben auf die Wolke gezogen.

Junge Hunde lieben es, neue Bekanntschaften zu machen. Gepaart mit ihrer Neugierde und der Lust am Kauen verläuft nicht jede Begegnung friedlich. Bella ist in Omas und Opas Garten einer Biene zu nahe gekommen!

Ich sag's ja, die kurzen Schnauzen hatten eine ganz schön große Klappe für ihr Alter. Bella muss aber ziemlich tapfer gewesen sein, als das ihr noch unbekannte Flugobjekt sich zur Wehr gesetzt hat. Jedenfalls hat sie nicht gefiept, sonst wären die Menschen im Garten wohl gleich auf das Zusammentreffen aufmerksam geworden. Erst als Opa das kleine Boxermädchen etwas genauer betrachtete, fiel ihm die dicke Beule über Bellas linkem Auge auf. Da hat sie ganz schön Schwein gehabt. Das hätte im wahrsten Sinne des Wortes auch ins Auge gehen können. Natürlich schimpfte niemand mit der Hündin, im Gegenteil, sie wurde von Frauchen erst einmal auf den Schoß genommen. Klein genug war sie ja noch. Dann wurde fleißig gekühlt. Selbst am Abend zu Hause, als die Prinzessin bereits auf ihren weichen Kissen ruhte, lag auf ihrer runzeligen kleinen Stirn, direkt über dem Auge, ein Kühlkissen und zwar nicht irgendeines. Ein hübsches gelbes Bienchen hatte Frauchen aus dem Kühlschrank geholt und Bella hielt still. Wahrscheinlich war sie nach dem aufregenden Tag einfach müde. Vielleicht sollte ich an dieser Stelle erwähnen, dass der Einzug der Boxer zu diesem Zeitpunkt gerade mal eine Woche zurücklag.

Am darauffolgenden Abend tollten die kleinen Boxer fröhlich durch unser Wohnzimmer und meine Familie beobachtete das Treiben vom Sofa aus. Frauchen fragte sich insgeheim, ob Elvis' Schnauze nicht ein wenig geschwollen aussah, behielt ihre Bedenken aber vorsichtshalber für sich. Nicht, dass ihr die beiden Männer im Raum wieder einen Hang zum Drama vorwerfen würden. Ich muss zugeben, dass ich einiges zu diesen Dramen beigetragen habe. Mein ganzes Leben lang schaffte ich es einfach nicht, diese stacheligen kleinen Kugeln im Garten zu ignorieren. Sie waren nicht ständig da. Meist nur im Sommer und im Herbst. Erst dachte ich, es sei ein Ball. Es piekte ganz schön an und in der Schnauze, wenn ich ihn hochnahm, aber ich hielt durch. Da nützte das laute Schimpfen meiner Menschen überhaupt nichts. Schließlich hatte ich das Ding gefunden. Als Frauchen anfing, diesen stacheligen Dingern Futter zu geben, verstand ich, dass es kein Spielzeug sein konnte. Fortan begann ich laut zu bellen, wenn ich ein solches Geschöpf im Garten fand. Da sie aber nur im

Dunkeln auftauchten, mochten die Nachbarn den Lärm nicht. Bei Dunkelheit durfte ich von nun an nur noch angeleint in den Garten. Da nützte es überhaupt nichts, dass es mein Revier war und nicht das der stacheligen Biester. Da sie von Frauchen Unterstützung bekamen, fauchten sie nun auch noch. Das machte die Sache erst richtig interessant. Wann immer ich im Garten dieses ganz spezifische Konzert anstimmte, das allein solchen Momente vorbehalten war, brüllte einer meiner Menschen laut „Igelalarm" und dann rannten alle hinter mir her. Vermutlich haben Sie aber bereits selbst herausgefunden, wie die stacheligen Viecher heißen und ich muss es Ihnen hier nicht mehr erklären. Jedenfalls holte ich mir regelmäßig eine dicke Schnauze, der Lerneffekt blieb aus. Fast hätte ich damit auch ausgesehen wie ein Boxer, dabei hatte ich doch so eine schöne, lange, gerade Mund- Nasenpartie. Bei mir haben Eiswürfel immer gute Dienste geleistet, auch wenn es manchmal die ganze Nacht dauerte, bis ich mich im Spiegel wieder erkennen konnte. Es hatte auch seine angenehmen Seiten, wenn mein Frauchen viele Stunden mit mir auf dem Küchen-fußboden verbrachte, während sie eigentlich im Bett liegen sollte. Nun, ich schweife schon wieder ab. Eigentlich wollte ich ja von Elvis erzählen.

Da er, wie Welpen das nun einmal tun, spielte und hüpfte, zweifelte Frauchen an ihrem eigenen Verstand und sagte nichts. Still und heimlich betastete sie die kurze Schnauze und behielt Elvis im Auge. Am nächsten Morgen spielte er nicht mehr, er hatte sogar Fieber. Es war Zeit, dass die Boxer den freundlichen Tierarzt kennenlernten, der mich auf die Wolke gehoben hat. Sie wissen schon, wie ich das meine. Langsam bekam Frauchen eine Ahnung, dass in ihrem kleinen Elvis eine ganze Menge von ihrem geliebten Rusty steckte. Der Doktor konnte zwar nicht mit Sicherheit sagen, dass Elvis die geschwollene Nase einem Igel zu verdanken hatte, aber die Wahrscheinlichkeit war groß. Der

Winzling bekam zwei Spritzen und ein paar Tabletten. Er erholte sich zum Glück sehr schnell und machte bald wieder mit Bella die Umgebung unsicher.

Zusammen gelang ihnen das während der ersten Monate natürlich am Besten im Garten. Obwohl die Rabauken so gut wie nie unbeobachtet waren, war der schöne Spielplatz nach ein paar Wochen nicht mehr wiederzuerkennen. Die knackigen, frischen Äste waren verlockend, aber ihre große Liebe war das Gras. Elvis und Bella fraßen nicht nur die grünen Halme, für sie waren die Wurzeln eine besondere Delikatesse. Frauchen fragte sich, ob aus den Welpen vielleicht doch Kühe werden würden. Hatten sie ein Fleckchen Erde vom Gras befreit, machte sich Bella ans buddeln. Für so einen kleinen Hund grub sie ganz schön große Löcher und schon bald gab es für den Rasenmäher keine Arbeit mehr. Der Regen, der mit dem Herbst kam, erledigte den Rest und damit war der Rasen Vergangenheit. Den wilden Spielen konnten die wenigen verbliebenen Graswurzeln nicht standhalten und die vor Kurzem noch grüne Fläche verwandelte sich in eine graubraune Grube. Bei Nässe versanken Pfoten und Füße im Schlamm. Frauchen holte ihre alten Gummistiefel aus dem Keller. Bei trockener Witterung wirbelten die acht Boxerpfoten jede Menge Staub auf, der bald auch im ganzen Haus zu finden war. Frauchen wischte eimerweise Schlamm von den Fußböden, aber es half alles nichts. Im nächsten Frühling musste eine andere Lösung her. Einen neuen Rasen zu säen war unmöglich. Vermutlich würden es die Grashalme gar nicht aus der Erde schaffen.

Zehn Monate nach ihrem Einzug bekamen die Kurzschnauzen einen grünen, buddelsicheren und sauteuren Kunstrasen, auf dem sie im darauffolgenden Sommer schnarchend in der Sonne lagen.

7

8.00h:　　　Mir ist langweilig. Ich poste in einem Hundeforum die Frage:
„Ist Frolic oder Pedigree das bessere Futter für meinen Hund?"
8.05h:　　　47 Antworten. Man beschimpft mich wechselweise als Geizhals, Idiot oder Tierquäler.
8.10h:　　　34 vegan lebende Barfer und 53 Verfechter von Trockenfutter streiten sich in 246 Antworten um die einzig wahre Wahrheit der Hundeernährung
8.15h:　　　die 37 vegan lebenden Barfer und 53 Verfechter von Trockenfutter haben sich darauf verständigt, den Tier-

schutz und das Veterinäramt zu verständigen. Man soll mir den Hund weg nehmen.

10.00h: Vor meiner Haustür steht ein völlig erschöpfter Paketbote.

Er überreicht mir ein ca. 75kg schweres Starterpaket von Frolic

10.01h: 5 militante Barfer erscheinen, schlagen den Paketboten zu Boden

und versuchen so die Zustellung in letzter Sekunde zu verhindern.

10.05h: 75kg Frolic – Produkte fliegen durch die Gegend.

100 Dosen

Nassfutter rollen über die Straße und blockieren den Verkehr.

10.10h: Ein zweiter Paketbote versucht, ein 10kg Probepaket Pedigree zuzustellen.

10.11h: die 5 Barfer haben ihn kastriert. 10kg Pedigree liegen in meinem Vorgarten.

10.15h: 59 Krähen und 17 Elstern sind in meinem Vorgarten gelandet. Hitchcocks Vögel sind ein Scheißdreck dagegen. Sie stürzen sich auf das Frolic.

10.20h: Der Paketbote kommt langsam wieder zu sich und stöhnt. Mein Hund versucht die Krähen zu fangen.

10.30h: Die Polizei kommt.

10.31h: Die rabiaten Barfer flüchten

10.35h: Ich habe mich mit den Ordnungshütern geeinigt. Wenn ich das Dosenfutter dem Tierheim spende und die Straße reinige, komme ich mit einer Bewährungsstrafe davon.

10.45h: Die Krähen und Elstern haben das ganze Frolic gefressen.

10.50h: 2 Krankenwagen holen die verletzten Paketboten ab.

10.52h: Mein Hund hat Federn im Maul.

10.55h: Da meinem Hund die Frischkost so gut schmeckt, beschließe ich, ab morgen zu barfen.

11.00h: Ich sitze auf meinem Sofa, trinke einen Kaffee und mir
ist langweilig...

12.00h: Weil mir immer noch langweilig ist, schreibe ich im
veganen Elternforum, dass ich als alleiner-ziehender
Vater mein Baby statt mit Nivea lieber mit einer
Speckseite abreibe, weil die Haut dann schön glänzt.

(Quelle www.debeste.de**)**

Eines möchte ich, um jede Diskussion im Keim zu ersticken, gleich vorwegnehmen. Mit den hier aufgeführten Futtersorten, sind die beiden Kurzschnauzen noch nie in Berührung gekommen. Trotzdem gefällt mir der Text ausgesprochen gut, denn egal ob es um die Ernährung, die Erziehung oder um den Schlafplatz der Hunde geht, jeder Passant auf der Straße, egal ob Hundehalter oder nicht, gibt gerne ausschweifend und ungefragt seine Meinung zum Besten. Manch einer nimmt seinen Pekinesen bei der Begegnung mit anderen Hunden beschützend auf den Arm und hält dann einen langen Vortrag zum Thema Sozialisierung und Leinenführigkeit. Andere rufen den süßen Welpen zu sich, streicheln und knuddeln das arme Tier und verwickeln den Hundehalter anschließend in ein Gespräch über

Hundeerziehung und wie wichtig es doch ist, dem Hund früh beizubringen, Passanten auf der Straße zu ignorieren. Aber Sie kennen solche Situationen sicher aus ihrer eigenen Umgebung. Überall gibt es Menschen, die sich selbst gerne reden hören und ihre Meinung für die einzig Wahre halten.

Viel wichtiger ist es, den eigenen Weg zu finden. Bei Bella und Elvis stellte die Ernährung Frauchen vor eine echte Herausforderung. Ich selbst verfügte all die Jahre auf der Erde über einen Magen, der von meinen Menschen liebevoll mit der Aufnahmekapazität eines Abfalleimers verglichen wurde. Nur von gebratenem Speck wurde mir speiübel.

Die jungen Boxer waren aus einem ganz anderen Holz geschnitzt. Natürlich hatte meine Familie sich vor ihrem Einzug mit ihren Ernährungsgewohnheiten vertraut gemacht, und genau das Juniorfutter erworben, das die Hunde beim Züchter zu fressen bekommen hatten. Bella und Elvis aßen mit Appetit, aber das, was am anderen Ende wieder herauskam, sah so überhaupt nicht appetitlich aus. Während der ersten Tage wurde die Konsistenz ihrer Hinterlassenschaften auf die Aufregung zurückgeführt. Aber es wurde und wurde nicht besser. Inzwischen waren die

Temperaturen schon recht sommerlich und Frauchen konnte bei den Spaziergängen auf eine Jacke verzichten. Nur fehlte jetzt der Stauraum der Jackentaschen. Schließlich musste neben dem Mobiltelefon und den Hausschlüsseln auch immer die Rolle mit den Kotbeuteln mit. Hundehaufen gehören aufgeräumt!

Allerdings steht nirgendwo geschrieben, was zu tun ist, wenn es sich nicht um einen Haufen im eigentlichen Sinne handelt? Mein Opa ist in der Vergangenheit nach Spaziergängen mit meinem Kumpel Ben die Strecke noch einmal mit der Gießkanne abgelaufen, aber so weit wollte Frauchen es dann doch nicht kommen lassen. Zu den Kotbeuteln

gesellte sich eine Packung Papiertaschen-
tücher und als auch das nicht reichte, zog
Frauchen mit einer Bauchtasche los, in der
sich nun auch eine gefüllte Wasserflasche
befand, die nicht zum Austrinken gedacht
war.

Der erste Verdacht fiel auf das Juniorfutter. Frauchen beschäftigte sich intensiv mit
Inhaltsstoffen und analytischen Werten.
Bei dieser ausführlichen Recherche fiel
auf, dass Petzi, Gina und ich ein teures
Futter bekommen hatten, dem für teures
Geld auch nur billiger Mais zugefügt
wurde. Der arme Elvis, sowieso schon ein
dürrer Hering, wollte einfach nicht an
Gewicht zulegen und unsere Familie
machte sich langsam Sorgen um den

kleinen Kerl. Frauchen forderte bei nam-
haften Herstellern Futterproben an.
Manche zeigten sich durchaus kooperativ
und halfen bei der Suche nach etwas, dass
die kleinen Boxermägen ordentlich ver-
dauen konnten. Andere wollten nur
schnelles Geld verdienen. Es sollte noch
eine ganze Weile und viele Futtersorten
dauern, bis ein befreundeter Boxerbesitzer
endlich den goldenen Tipp geben würde.
Ich werde den Hersteller natürlich hier
nicht nennen. Auf Anfrage hilft Frauchen
sicher gerne weiter.

Eine Hitzewelle machte dem ganzen Land
zu schaffen, als Elvis eines Abends nicht
zur Ruhe kommen wollte. Er streifte

durchs Haus und suchte sich alle paar Minuten einen neuen Liegeplatz. Mal lag er auf Frauchens Bauch, dann wieder auf dem kühlen Fußboden. Nirgendwo schien er es wirklich bequem zu haben und meine Menschen merkten schnell, dass etwas nicht stimmen konnte. Der kleine Hund wollte immer wieder in den Garten hinaus gelassen werden, kehrte aber unverrichteter Dinge ins Wohnzimmer zurück. Frauchen verbrachte die halbe Nacht mit Elvis im Garten und hatte mehr Zeit den sternenklaren Himmel zu betrachten, als ihr lieb war. Schließlich gingen die beiden doch zu Bett und versuchten, ein wenig Schlaf zu finden. Ein stechender Geruch holte Frauchen aus ihren Träumen zurück und sie musste feststellen, dass der stubenreine Elvis das Bad in eine stinkende Klärgrube verwandelt hatte. Wenigstens war jetzt klar, was den armen Kerl den ganzen Abend über so gequält hatte.

In Windeseile sprang Frauchen in die Klamotten und weckte den Student im Dachgeschoss. Mein lieber Freund, der Sohn der Familie, war ja inzwischen ein erwachsener Mann und sofort zur Stelle. Gemeinsam fuhren sie mit Elvis in die Tierklinik. Es war Eile geboten. So ein junger Hund kann ganz schön schnell austrocknen. Zum Glück ging alles gut. Der junge Boxer bekam Antibiotikum und Schonkost gegen den Infekt. Das mit der

Schonkost hatte Frauchen bei beiden Hunden längst versucht. Aber auch Huhn und Reis waren machtlos gegen das Chaos in den Hundedärmen. Nun gab es also Spezialfutter aus der Packung. Elvis erholte sich schnell und bereits in der darauffolgenden Nacht durften alle wieder durchschlafen. Auch das Fernsehprogramm konnte wieder aufmerksamer verfolgt werden. Die Freiwillige Selbstkontrolle der Filmwirtschaft, kurz FSK, feierte ihren siebzigsten Geburtstag und 3sat zeigte mitten im Sommer den Kriminalfilm „Winterkartoffelknödel". Soweit also nichts Besonderes. Alle gingen davon aus, dass man nun mehr oder weniger zur Normalität zurückkehren könnte.

Nur wenige Tage später, genau 50 Jahre nachdem Neil Armstrong und Buzz Aldrin mit Apollo 11 zum ersten Mal den Mond bestaunten, bestaunten Frauchen und der Student Elvis' Hinterlassenschaften auf den wenigen Metern Fußweg zwischen Parkplatz und Tierklinik. Die Farbe entsprach durchaus der der Mondlandschaft, nur hineintreten wollte sicher niemand. Nach einer weiteren Nacht sternenhimmelgucken musste der junge Boxer nun weitere Untersuchungen über sich ergehen lassen. Diesmal konnten Keime in seinem Darm nachgewiesen werden, an denen nur wenig später auch seine Schwester Bella erkrankte. Natürlich ebenfalls mitten in der Nacht. Der Notdienstzuschlag hätte für einige schöne Ausflüge gereicht, aber niemand kam auf den Gedanken, sich wegen der Kosten aufzuregen. Was nun folgte waren lange Behandlungen zum Aufbau der Darmflora und weitere Einheiten Spezialfutter. Schließlich haben wir es alle zusammen geschafft, die jungen Boxer zu stabilisieren und endlich begann auch Elvis tüchtig zuzunehmen.

Wenn Sie gedacht haben, ich verschone Sie jetzt mit den unappetitlichen Details, muss ich Sie leider noch kurz vertrösten. Trotz aller Bemühungen war der optimale Hundehaufen oft ein Wunschtraum, dem inzwischen die ganze Verwandtschaft hinterherjagte. Ich kann mich gar nicht erinnern, dass zu meiner Zeit Omas, Opas, Tanten und Onkel angerufen hätten, um sich nach meiner Verdauung zu erkundigen, aber nun hätte es mich auch nicht gewundert, wenn morgens ein entsprechender Zweizeiler in der Tageszeitung erschienen wäre. Nur damit gleich alle Bescheid wüssten.

Erfahrene Hundetrainer raten ja gerne zum Kauknochen, damit die lieben Kleinen ihren Kautrieb nicht an Möbelstücken oder Hausschuhen ausleben. Auch dienen sie der Beschäftigung, wenn gerade mal nicht Spazierengehen, Spielen oder Schlafen auf dem Programm steht. Dass ein

Hund ein gewisses Alter erreicht haben muss, um ein solches Teil zerlegen zu dürfen, war meinen Menschen nicht unbekannt, aber auch als das Mindestalter längst erreicht war, spielten die Boxerdärme nicht mit. Vorerst mussten Bella und Elvis auf Büffelhaut, Ochsenziemer und Co. Verzichten, dafür bekamen sie Hirschgeweihe und Büffelhörner. Diese erfüllten zwar denselben Zweck und erfreuten sich auch großer Beliebtheit, hielten aber eine Ewigkeit. Die Zeiten in denen die Geschwister die Spielzeuge brav unter sich aufteilten, gehörten längst der Vergangenheit an. Nun mussten unsere Menschen kleine Streitereien schlichten und flach auf dem Bauch liegend unter den Möbeln verlorengegangene Geweihe suchen. Erstaunlicherweise verloren sie niemals die Geduld und suchten immer wieder das passende Gegenstück.

So ganz allmählich wurden Elvis und Bella dann aber doch ein bisschen erwachsener und mit ihnen ihre Eingeweide. Die Wasserflaschen wurden ihrem eigentlichen Zweck zugeführt und fortan ausgetrunken. Allerdings bekamen die Beiden dafür natürlich neue Modelle. So richtig hundetaugliche. Die Kurzschnauzen mögen keine langen Spaziergänge bei warmem Wetter und durstig sind sie unterwegs auch bei Temperaturen unter zwanzig Grad.

Ja, hier und da halten Frauchen und ich stille Zwiesprache und dann sehnt sie sich doch manchmal nach unseren ruhigen Zeiten zurück. So wie früher, in Ruhe ein Buch schreiben, dazu hat sie gar keine Zeit mehr. Deswegen helfe ich ein wenig und habe das jetzt einfach mal übernommen.

Die Krankheiten waren nun endlich weitestgehend ausgestanden. Nur der dumme Ausschlag, den beide Boxer hatten, hielt sich hartnäckig und die Ursache konnte trotz aller Tests und Hautproben nicht gefunden werden. Sie müssen schon entschuldigen, dass ich Sie nun so ausführlich mit dem Thema Hundehaufen aufgehalten, naja vielleicht auch unterhalten, habe, aber für uns Hunde ist das natürlich eine ausgesprochen wichtige Angelegenheit. Vielleicht freuen Sie sich ja jetzt auf ein anderes Thema, denn schließlich sollte es noch viel doller kommen!

8.

Ihr persönliches Mantra des Tages für Dienstag 27. August 2019:

„Ich werde achtsam sein"

(Quelle: astrowoche.wunderweib.de)

Der erste Sommer von Elvis und Bella neigte sich langsam seinem Ende zu, aber die Sonne gab noch einmal ihr Bestes. Die Menschen stöhnten wegen der anhaltenden Hitze und bewegten sich so wenig wie möglich. Dabei hatten sie ausreichend Zeit, die Hunde genau zu beobachten. Selbst Opa war vor ein paar Tagen schon aufgefallen, dass Bella merkwürdige Formen annahm. Nicht nur die Hündin selbst, auch ihr Bruder interessierte sich zunehmend für das Hinterteil des Boxer-mädchens. Die beiden Kurzschnauzen waren nun beinahe sieben Monate alt und natürlich war allen bewusst gewesen, dass diese Zeit einmal kommen musste. Mir persönlich war längst klar, mit was sich die Hunde da so intensiv beschäftigten.

Dann am Morgen des siebenundzwanzigs-ten Augusts, oder falls Sie diesen Lebens-abschnitt bereits hinter sich haben und sich eher für Golf interessieren, an Bernhard Langers dreiundsechzigstem Geburtstag, entdeckte Frauchen den ersten Blutfleck auf dem Laken.

Bella war nun ganz offiziell läufig. Meine Familie hatte durchaus einen Plan. Schließlich sind Elvis und Bella Geschwister und sollten auf keinen Fall für Nachwuchs sorgen. Ganz nebenbei waren sie dafür auch noch viel zu jung.

Während dieser ersten Hitze, sollten die Boxer unter ständiger Aufsicht sein und so viel Zeit wie möglich getrennt verbringen. Mit unserem freundlichen Tierarzt hatten sich meine Menschen gleich nach dem Einzug der Hunde beraten, und waren zu dem Ergebnis gekommen, dass man Bella kurz vor der zweiten Läufigkeit sterilisieren würde. Dieses eine Mal mussten eben alle die Anstrengung auf sich nehmen und meine quirligen Geschwister im Auge behalten. Im Verlauf ihres späteren Lebens sollten sie ihre Partnerschaft dann in jeder Hinsicht frei ausleben dürfen, ohne dass die Gefahr einer Schwangerschaft bestand. Soweit der Plan.

Ich möchte Sie hier gar nicht mit den biologischen Details langweilen. Schließlich schreibe ich keine wissenschaftliche Abhandlung über die Läufigkeit der Hündin. Trotzdem muss ich Ihnen ein paar Eckdaten mit auf den Weg geben. Die Hitze dauert in der Regel etwa drei Wochen. Das heißt aber nicht, dass die Hündin während des gesamten Zeitraums deckbereit ist. Die eigentliche Standhitze hält nur wenige Tage an. Meistens etwa drei bis fünf. Ich bin kein Fachmann auf diesem Gebiet, ich war schließlich ein Rüde und wenn Sie die Geschichte aufmerksam verfolgt haben, wissen Sie, dass ich kastriert war. Immerhin würde Elvis das erspart bleiben.

Für gesunde Rüden gibt es ein paar deutliche Anzeichen, wann die Dame dem Wunsch nach Paarung entsprechen würde. Erstens riecht sie natürlich außergewöhnlich gut. Das aber konnte nun nicht als konkreter Hinweis für unsere Menschen gelten. Erstens erklärte sich niemand bereit, ständig Bellas Hinterteil zu beschnüffeln und zweitens hätten sie den Unterschied wohl auch nicht erkannt. Zum Glück gibt es darüber hinaus ein paar optische Hilfen. Das Blut sollte heller und dünner werden und die monströse Schwellung von Bellas äußeren Geschlechtsorganen müsste leicht zurückgehen und faltiger werden. Übrigens sieht das überhaupt nicht schön aus, bei einem Hund mit so dünnem Fell am Hinterteil. Ich muss schon sagen, ich habe mich während dieser Zeit ein bisschen für meine kleine Schwester geschämt. Aber schließlich konnte sie ja auch nichts für diese Laune der Natur. Ihre Bereitschaft signalisiert das Mädchen auch, indem sie die Rute zur Seite legt und den Rücken krümmt, sobald sie am unteren Rücken berührt wird. Soweit die Theorie. Frauchen markierte den Beginn der Hitze brav im Kalender und die gesamte Familie beobachtete Tag und Nacht die Hunde. Der arme kleine Elvis hatte wahrscheinlich nicht mal eine Ahnung, welche Unsittlichkeiten ihm da unterstellt wurden. Das größte Problem waren die Nächte. Irgendwann mussten die Menschen schlafen. Zwei weitere Hundeboxen wurden angeschafft und im Schlafzimmer gleich neben dem großen Bett aufgestellt. Hier sollten die jungen Boxer für die nächsten Wochen ihre Nächte zwar in unmittelbarer Nachbarschaft, aber durch Schloss und Riegel voneinander getrennt verbringen.

Bella fügte sich klaglos in ihr Schicksal. Ich konnte gar nicht fassen, mit welcher Gelassenheit sie sich aus dem Bett verbannen ließ. Nach meinem kleinen Unfall mit den Federn habe ich viele Nächte in einer solchen Box verbracht und mir war nicht nach einer Wiederholung zumute. Also ließ ich Elvis nicht zur Ruhe kommen. Er heulte und heulte und war überhaupt nicht mehr zu besänftigen. Nach all den Jahren kannte ich mein Frauchen gut genug. Sie würde nachgeben.

Die darauffolgenden Nächte durfte Elvis im Dachgeschoß verbringen. Schließlich gab es dort oben beim Sohn auch ein schönes großes Bett. Allerdings hatte nun auch Elvis schon ganz schön an Gewicht zugelegt. Die Waage zeigte fünfundzwanzig Kilo und zweihundert Gramm. Das Dachgeschoß kann man nur über eine steile Treppe erreichen, die ich mich mein ganzes Leben lang nicht hochgetraut habe und natürlich waren alle um Elvis Gesundheit besorgt. Der Hund wurde getragen. Abends rauf und morgens wieder runter. Das konnte man keinem Menschen drei Wochen lang zumuten. Es half alles nichts, Elvis musste zurück in seine Box, wo er sofort wieder zu Heulen begann. Im Laufe der Zeit entwickelte Frauchen eine gewisse Routine. Bevor sie zu Bett ging, schickte sie die Hunde in die Boxen, verschloss die Türen und legte sich selbst ins Bett. Dann stellte sie sich schlafend, bis auch Bella fest eingeschlafen war. Wie jemand bei dem Geheul schlafen kann, weiß ich auch nicht, aber Bella schaffte es zum Glück. Sobald das friedliche Schnarchen der Kurzschnauze lauter als Elvis' Winseln war, schlich Frauchen aus dem Bett und öffnete geräuschlos die Tür seiner Box. Mit einem Satz überwand der junge Boxer den Höhenunterschied und landete im weichen Bett. Endlich konnte die Nacht beginnen.

Da Boxern der Ruf vorauseilt gerne im Wasser zu sein, planten meine Menschen schon seit einiger Zeit eine Fahrt an die Küste. Erst musste ein geeigneter Hundestrand im Internet ausfindig gemacht werden und dann sollte die Autofahrt nicht allzu lang für die jungen Hunde werden. Einen völlig überlaufenden Strand will natürlich auch niemand. Also hatte meine Familie das Ende der Sommerferien abgewartet und sich schließlich auf die belgische Küste geeinigt. Während Frauchen und ich morgens ausgiebige Spaziergänge am Strand von Zandvoort in den Niederlanden gemacht haben, sollte es für die Boxer nun Zeebrugge werden. Einen Moment lang stellten sich alle die Frage, ob der Ausflug wegen Bellas Läufigkeit ausfallen musste, aber eigentlich war es doch eine gute Gelegenheit die Hunde den ganzen Tag im Auge zu behalten. Meine Menschen beratschlagten, ob Bella und Elvis wohl im Kofferraum der Familienkutsche auf die Idee kommen würden, sich zu paaren, hielten es aber für äußerst unwahrscheinlich. Erstens war die Fahrt bestimmt aufregend und zweitens könnten die Boxer vermutlich im schaukelnden Wagen gar nicht das Gleichgewicht halten. Sicherheitshalber nahmen Mutter und Sohn auf der Rückbank Platz. Von hier aus hatten sie die Beiden besser im Blick. Das mit dem Erkennen der Standhitze hatte sich bei einer jungen Hündin wie Bella als gar nicht so einfach herausgestellt. Wahrscheinlich musste sich das Ganze, wie bei den Menschen auch, erst einmal einpendeln. Die Vorsichtsmaßnahme der Anstandsdamen auf dem

Rücksitz erwies sich dann auch im Nachhinein als überflüssig. Elvis verpennte die
ganze Fahrt und Bella schaute viele Stunden angestrengt aus dem Fenster.

Eigentlich hatte die Fahrt ja gar nicht so
lange dauern sollen, aber das Navigati-
onsgerät des Autos, auch Inge genannt,
lotste Herrchen mitten durch den dicksten
Verkehr im Zentrum von Brüssel. Frauchen und der Student hatten viel Zeit, das
Europaparlament in Ruhe zu betrachten,
während Herrchen damit beschäftigt war,
einen Zusammenstoß mit anderen Fahr-
zeugen im verstopften Kreisverkehr um
jeden Preis zu verhindern. Für die Rück-
fahrt nutzten sie dann auch später die
Navigation der Mobiltelefone und Inge

wurde der Mund verboten. Aber soweit
war es ja noch nicht.

Endlich in Zeebrugge angekommen war
der Strand recht schnell gefunden. Meine
Menschen kannten sich hier ganz gut aus.
Sie waren schon einmal mit einem Kreuz-
fahrtschiff hier gewesen, aber diese Art
des Reisens gehörte natürlich vorläufig
der Vergangenheit an. Hunde sind dort
nicht willkommen. Die Wahl war nicht
ganz zufällig auf diesen Ort gefallen. Als
meine Menschen zusammen mit Oma und
Opa an diesem Strand entlang spaziert
waren, hatten sie dort keine Menschensee-
le getroffen. Die umliegenden Gebäude
hatten überwiegend zum Verkauf gestanden und Touristen waren weit und breit

nicht zu sehen gewesen. Auch damals war gerade keine Saison für Badegäste. Diese Rechnung schien immerhin aufzugehen. Der Strand war zwar nicht ganz so menschenleer wie ein paar Jahre zuvor, aber es war doch recht ruhig. Probehalber durften Bella und Elvis die Brandung zunächst an ihren Schleppleinen erkunden. Der Ausflug fand vor Frauchens verhängnisvoller Erfahrung mit Elvis und der fünf Meter langen Leine statt und so waren diese Dinger noch im Einsatz. Die Hunde tobten und tollten wie verrückt über den Sand und durch das Wasser. Sie schienen den Strand tatsächlich sehr zu mögen. Es war Flut und keine gelbe oder gar rote Flagge in Sicht. Meine Menschen zogen die

Schuhe aus und entledigten sich ihrer Strümpfe. Sie rollten die Hosenbeine auf und lösten anschließend die stabilen Karabinerhaken der Leinen. Bella und Elvis waren frei. Zum allerersten Mal rannten und spielten sie ganz ohne die lästigen Riemen und ohne schützende Zäune drum herum. Was soll ich Ihnen erzählen? Sie hörten aufs Wort. Sie kamen, wenn sie gerufen wurden und sie entfernten sich auch nicht unerlaubt weit von ihren Menschen. Alle hatten ihren Spaß und nach dem erfrischenden Bad im Salzwasser staunten die Zweibeiner, dass plötzlich, wie durch ein Wunder, auch die lästigen Allergien der jungen Boxer verschwunden waren. Niemand ahnte, dass sie im nächsten Frühling neu erblühen würden.

Der Rückweg zur Strandpromenade führte meine Familie durch die Dünen. Hier mussten sie feststellen, dass der Strand gar nicht so menschenleer war, wie sie angenommen hatten. Viele paarungswillige, vor allem junge Menschen, versteckten sich zwischen dem hohen Dünengras vor allzu neugierigen Blicken. Bella schien nicht die Einzige zu sein, die gerade läufig war. Sie benahm sich nur besser. Glücklicherweise nahmen das Balzverhalten und der Akt an sich die Paarungswilligen so sehr in Anspruch, dass sie nicht mitbekamen, wie das Ergebnis des verschluckten Salzwassers in hohem Bogen aus Elvis Hinterteil schoss. Erstaunlicherweise blieb es bei dem einen Mal und Elvis erleichterte sich weder auf der Promenade, noch während der Heimfahrt.

Der Geruch von frischen, belgischen Pommes führte meine Menschen an einen Imbissstand. Herrchen und der Sohn der Familie nahmen mit den beiden, inzwischen natürlich ordnungsgemäß angeleinten Hunden, schon einmal an einem Tisch im Freien Platz, während Frauchen die Bestellung aufgab. Die Entfernung zwischen dem ihm aufgezwungenen Liegeplatz zu Füßen des Studenten und Frauchen an der Theke war Elvis viel zu groß. Ich schwöre, ich habe rein gar nichts damit zu tun, dass der junge Boxer sich still und heimlich aus seinem Geschirr befreite und plötzlich brav neben Frauchen saß. Nach den ersten Schrecksekunden musste unser Frauchen ein bisschen grinsen. Sie hatte doch gewusst, dass es irgendeine Verbindung zwischen ihrem neuen Rüden und mir geben musste.

Die Heimfahrt verlief ohne Zwischenfälle und es ging recht zügig voran. Trotz der vielen Stunden im Auto, die auf der Fahrt durch Belgien im Stau verloren gegangen waren und der grauen Haare, die Herrchen in Brüssel dazu bekommen hatte, freuten sich alle über den gelungenen Ausflug.

Leider bedeutete das Ende des Tages natürlich nicht das Ende von Bellas Hitze. Durchhalten lautete die Devise. Es sollte ja schließlich bei diesem einen Mal bleiben und da mussten eben alle für ein paar Wochen ständig auf die Hunde achten. Nur erwies sich dies als wesentlich aufwendiger als gedacht. Wenn niemand anders im Haus war, konnte Frauchen nicht einmal alleine zur Toilette gehen. Jede Unachtsamkeit konnte schwerwiegende Folgen haben. Mehr als einmal fragte sie sich, was die Nachbarn wohl denken mochten, wenn sie im Garten laut „Elvis, geh von Deiner Schwester runter" rief, dabei wollte der arme Kerl wahrscheinlich nur spielen. Die Bluttropfen und die Veränderungen von Bellas Körper wurden genau kontrolliert und jeder Tag mit Notizen im Kalender festgehalten. Fast zwei Wochen lang änderte sich gar nichts und dann kam sie doch noch, die Stand-hitze.

Es sollte ein ruhiger Montagabend auf dem Sofa werden. Nach der Sommerpause war auch Herr Jauch wieder mit von der Partie und versuchte seine Millionen an den Mann oder an die Frau zu bringen. Ob es ihm gelungen ist, konnte am Ende niemand aus meiner Familie sagen. Elvis war und blieb unruhig. Er konnte sich überhaupt nicht damit abfinden, dass die Sofaecken streng verteilt worden waren und drei Menschen zwischen ihm und seiner Schwester saßen. Bella roch allem Anschein nach an diesem Abend ganz besonders gut und auch sie wollte nicht auf diese Weise von Elvis getrennt bleiben. Drei Menschen waren nötig, um die schlaflosen Energiebündel unter Kontrolle zu halten. Aber schließlich ging auch das vorbei und nach einigen weiteren Tagen Achtsamkeit war die Läufigkeit endlich überstanden.

9.

Linienzucht

Es werden Väter- oder Mütterlinien mit besonderen Leistungsmerkmalen gezüchtet. Das heißt, in den Ahnentafeln wiederholen sich einige Elterntiere mehrfach. Durch diese Praktik steigt der Inzuchtkoeffizient.
Das bedeutet, dass eine Linienzucht oftmals mit einer Inzucht gleichzusetzen ist.

Inzucht

Paarung von verwandten Tieren (Gezielte Verpaarung mit näher Verwandten Tieren)

Inzestzucht

Verpaarung von Verwandten ersten Grades (Vater mit Tochter, Mutter mit Sohn, Schwester mit Bruder)

(Quelle: www.langzeitstudie-hundezucht.de)

Nachdem nun alle die Inzestzucht in drei anstrengenden Wochen erfolgreich verhindert zu haben glaubten, konnte das Leben endlich im alten Trott weitergehen. Nachts war die Familie wieder im großen Bett vereint. Bis auf den Studenten natürlich, der das Dachgeschoß wieder ganz für sich hatte. Die Gitterboxen waren abgebaut und aus dem Schlafzimmer verbannt. Bella zeigte die körperlichen Anzeichen einer überstandenen Läufigkeit und alle warteten auf die Rückbildung des Gesäuges. Frauchen behielt den Kalender im Blick und verglich Bellas Zustand mit dem, was der Fachliteratur zufolge eintreten müsste. Wo die Beschreibungen der schlauen Bücher endeten, fingen die zahllosen Informationen im Internet erst an. Wenn Sie sich häufiger dort umsehen, werden Sie wissen was ich meine. Ärzte sind dann auch meistens ganz besonders begeistert, wenn ihre Patienten in der Praxis bereits mit der fertigen Diagnose von Dr. Google erscheinen. Nicht so der Arzt in der Tierklinik, in der Bella einen knappen Monat nach dem Ende ihrer Läufigkeit vorgestellt wurde.

Erst schien alles ganz harmlos. Bella verhielt sich vollkommen normal und zeigte keine Anzeichen einer Schein-schwangerschaft. Sie schleppte keine Stofftiere in ihr Körbchen und reagierte auf ihre Spielzeuge nicht besitzergreifen-der als sonst. Nur hatte Frauchen irgendwo in diesem weltweiten Netz gelesen, dass die Tropfen die Bella nun gelegentlich absonderte, ein deutliches Anzeichen für eine Trächtigkeit seien. Das aber war doch eigentlich vollkommen ausgeschlossen. Wieder und wieder ließ Frauchen die vergangenen Wochen im Geiste Revue passieren. Sie grübelte und grübelte, aber es fiel ihr kein einziger unbeobachteter Moment ein, den die Hunde für einen Paarungsakt hätten nutzen können. Trotzdem machte sie sich ein bisschen Sorgen, dass Bella in wenigen Wochen Boxer mit drei Köpfen oder anderen Gendefekten zur Welt bringen könnte. Um der Grübelei ein Ende zu bereiten, beschloss Frauchen Bella in der Tierklinik vorzustellen. Mittels Ultraschall müsste sich der Verdacht doch eigentlich ausräumen lassen. Unseren freundlichen Tierarzt um einen Besuch zu bitten, erschien ihr wenig sinnvoll. Bildgebende Verfahren im eigenen Wohnzimmer waren nach ihrer Einschätzung noch nicht möglich. Im Nachhinein betrachtet wäre eine Untersuchung durch den mobilen Doktor die bessere Alternative gewesen, aber hinterher ist man ja immer schlauer.

So kam es, dass Bella an einem Dienstagnachmittag im Oktober auf dem Behandlungstisch eines Tierarztes saß, der Frauchen zunächst Rätsel aufgab. Eine Schwangerschaft der Hündin konnte er durch eine bloße Tastuntersuchung ausschließen. So einfach war das also. Dafür diagnostizierte er eine Gebärmutterentzündung, die er in seinem Kaffeesatz gelesen haben musste. Frauchen wollte immer noch einen Ultraschall. Der Tierarzt winkte ab. So eine Untersuchung würde bloß unnötige Kosten verursachen, die sofortige Kastration der Hündin sei unumgänglich. Bella war eigentlich noch ein bisschen jung für diesen Eingriff. Außerdem hatten meine Menschen die Operation für die Weihnachtsferien geplant. Damit wären sie einer zweiten Läufigkeit zuvorgekommen und Bella hätte in der Zwischenzeit noch ein wenig erwachsener werden dürfen. Abgesehen von der Tatsache, dass die geplante Variante eine

Sterilisation gewesen wäre, erforderte die sofortige Operation nach wenigen unbeschwerten Tagen die erneute Trennung von Elvis. Zumindest zeitweise, denn Bella würde ja Ruhe brauchen.

Schließlich überwog die Sorge um Prinzessin Bella und Frauchen stimmte der Operation mit einem nicht ganz guten Bauchgefühl zu. Mit so einer Gebärmutterentzündung war nicht zu spaßen. Ein wenig überrumpelt fühlte sie sich dann aber doch, als der Tierarzt den Termin gleich für den nächsten Morgen eintrug. Scheinbar duldete die Sache keinen Aufschub.

So kam es, dass Bella am sechzehnten Oktober zweitausendneunzehn, dem zweihundertneunundachtzigstem Tag des Jahres und sechsundsiebzig Tage vor Jahresende, genau hundertdreiundsiebzig Jahre nachdem in Boston in den USA der erste chirurgische Eingriff unter Äther – Betäubung durchgeführt wurde, von Oma betreut auf der Rückbank von Frauchens Auto in die Tierklinik gefahren wurde. Entweder hatte sie keine Ahnung, was ihr dort bevorstand, oder aber sie trug es mit Fassung. Opa und der Student teilten sich die Aufsicht über den daheimgebliebenen Elvis. Herrchen musste schließlich arbeiten.

In der Praxis angekommen, dauerte es zunächst eine gefühlte Ewigkeit, bis das Team die Arbeit endlich aufnahm. Dann aber wurden Bella, Oma und Frauchen in einen Behandlungsraum gebeten, der einen nicht ganz sauberen Eindruck machte. Noch mehr überraschte Frauchen aber das Erscheinungsbild der eintretenden Ärztin. Sie hätte glatt damals in Boston dabei gewesen sein können, was nicht unbedingt zu einer Verbesserung des Bauchgefühls beitrug.

Nun war unser Frauchen kein Anfänger auf diesem Gebiet. Sie hatte Petzi, Gina und auch mich vor und nach unseren Operationen begleitet. Dass die Preise sich in den letzten zwanzig Jahren verändert hatten, erschien ihr nicht ungewöhnlich und die am Vortag genannten vierhundertfünfzig Euro entsprachen durchaus den gängigen Tarifen. Magenschmerzen bereitete ihr aber die Tatsache, dass sich auch der Ablauf grundlegend geändert zu haben schien. Uns drei hatte Frauchen begleitet, bis wir tief und fest schliefen und sie war längst wieder bei uns, als wir langsam die Augen aufschlugen. Bella hingegen wurde ein Zugang gelegt und danach wurde der junge Hund unter Frauchens ungläubigen Blicken geradezu abgeführt. Dass die Prinzessin so einfach mit dem Fossil mitlief, erstaunte auch Oma. Gegen Mittag sollte unser Mädchen wieder abholbereit sein, man wollte sich aber telefonisch bei Frauchen melden, sobald Bella die Operation überstanden hatte.

Der versprochene Anruf blieb aus. Mit einem mulmigen Gefühl kehrten Oma und Frauchen unaufgefordert in die Praxis zurück, was die unfreundliche Sprechstundenhilfe mit dem Ruf „die Leute vom Boxer sind da" in Richtung Hinterzimmer quittierte. Die arme Boxerhündin schien also nicht mal mehr einen Namen zu haben. Nach einer gefühlten Ewigkeit brachte eine weitere Arzthelferin Bella ins Wartezimmer. Sie lief bereits wieder an der Leine. Das Aufwachen dürfte schon geraume Zeit zurückgelegen haben. Frauchen hatte sich gegen eine dieser unförmigen Schüsseln und für einen schicken Strampelanzug entschieden. Bella sollte nicht mit so einer Tüte auf dem

Kopf herumlaufen müssen. Tatsächlich trug sie nun einen dunkelblauen Body, der ihr auf den ersten Blick gar nicht mal schlecht stand. Klar, dass der Preis für das Kleidungsstück nicht in den vierhundertfünfzig Euro enthalten war. Unklar blieb aber, wieso die zu zahlende Summe sich nun auf mehr als siebenhundertdreißig Euro belief. Frauchen und Oma blieb der Mund offen stehen. Die Voruntersuchung war schließlich schon längst bezahlt. Aber es half alles nichts. Selbst die umstehenden Haustierbesitzer waren schockiert. Frauchen schwor sich, diese Klinik nie wieder zu betreten und nahm Bella mit nach Hause. Die Praxis war nur über eine steile Treppe zu erreichen, aber niemand aus dem stattlichen Team machte sich die Mühe, seine Hilfe anzubieten. Oma und Frauchen waren sich einig, dass der frischoperierte Hund die Stufen nicht hinunter laufen sollte und trugen Bella gemeinsam ins Auto. Zur Nachuntersuchung und zum Entfernen der Fäden baten unsere Menschen später lieber wieder unseren freundlichen Tierarzt ins Haus, aber bis dahin galt es noch zehn Tage zu überstehen.

Elvis konnte sich vor lauter Freude gar nicht wieder beruhigen, als die fehlenden Menschen mit seiner Schwester nach Hause zurückkehrten. Frauchen hatte ihm während der langen Stunden, die sie auf Bella wachten musste, ein neues Spielzeug zur Ablenkung gekauft, mit dem der junge Boxerrüde nun bestochen wurde. Das ging solange gut, bis Bella sich vollständig von der Narkose erholt hatte und wieder mit herumtollen wollte. Toben war aber streng verboten. Sobald unsere Prinzessin wieder auf den Beinen war, wurde auch deutlich, was für ihre gekrümmte Haltung verantwortlich war. Frauchen hatte zunächst angenommen, Bella würde sich mit Rücksicht auf die frische Naht nicht ausstrecken, in Wahrheit war einfach nur der dunkelblaue Anzug viel zu klein. Er bekam dann auch sofort einen Riss, als die Hündin sich zum ersten Mal zur vollen Größe aufrichtete.

Ich rate ihnen im Namen meiner ganzen Familie und zum Wohlergehen Ihrer Haustiere diese Tierklinik niemals zu betreten. Den Namen werde ich hier nicht nennen, aber auch in diesem Fall wird Frauchen Ihnen gerne Auskunft geben.

Für Bella hat sie natürlich gleich einen neuen Anzug gekauft. Während der nächsten zehn Tage legte unsere Prinzessin das Teil mit dem pinkfarbenen Camouflage Design auch nur ab, wenn sie an der Leine ihre Pipirunde machte.

Nachts musste die Hündin nun zu ihrer eigenen Sicherheit wieder in die erneut aufgebaute Gitterbox. Nicht, dass Elvis sich heimlich an den Fäden zu schaffen machen würde. Wieder einmal standen die Hunde vierundzwanzig Stunden am Tag unter Aufsicht und nun galt es auch noch allzu wilde Spiele zu verhindern. Es half alles nichts, ein paar Kauknochen zum Zeitvertrieb mussten schon sein.

Endlich war der Tag gekommen, an dem der Tierarzt die Fäden ziehen sollte. Opa eilte zur Unterstützung herbei, aber Bella hielt tapfer still und musste gar nicht von so vielen Händen festgehalten werden. Die Nachuntersuchung ließ alle aufatmen. Alles in Ordnung! Bella durfte mit Elvis hinaus in den Garten und die gesamte aufgestaute Energie endlich loswerden. Es muss der Tag gewesen sein, als im Garten auch der letzte echte Grashalm unter den acht galoppierenden Pfoten aufgab.

Plötzlich war es Herbst. Bisher hatte sich der Oktober überwiegend von seiner goldenen Seite gezeigt, nun aber wurde es zunehmend ungemütlicher draußen. Bella und Elvis stand der erste Winter in ihrem neuen Zuhause bevor. Zwar waren die beiden in einer kalten Januarnacht geboren, aber von der Witterung dürften sie während ihrer ersten Lebenswochen kaum etwas mitbekommen haben. Als meine Menschen das Boxerrudel im letzten März kennengelernt hatten, war es schon recht warm für die Jahreszeit gewesen und der Frühling hatte bereits Einzug gehalten. Nun aber war der Himmel die meiste Zeit grau verhangen und die jungen Hunde entdeckten das schöne bunte Laub, dass der Wind vor her trieb. Das alles hätte durchaus seine positiven Seiten haben können, wenn es nicht dauernd geregnet hätte. Das dünne Boxerfell musste mehrmals am Tag gründlich trockengerubbelt werden. Dumm war nur, dass Bella nach der überstandenen Operation einen nackten Bauch hatte, dessen Haut sich rosa vom hirschroten Fell drum herum abzeichnete.

Egal ob in der Vergangenheit im Fernsehen Hunde im feschen Dirndl aufgetaucht waren oder uns auf der Straße Vierbeiner im schützenden Mäntelchen begegnet waren, meine Menschen hatten sich stets prächtig über die bekleideten Tiere amüsiert. Vermutlich ahnen Sie nun bereits, was ich ihnen erzählen möchte und auch Sie können sich an dieser Stelle ein Schmunzeln bestimmt nicht verkneifen. Frauchen dachte ernsthaft über einen Mantel für die Boxer nach. Dieses Internet ist ja voll von merkwürdigen Dingen, die dort zum Kauf angeboten werden. Bevor diesbezüglich aber eine Entscheidung getroffen werden konnte, musste gründlich recherchiert werden. Es beruhigte mich ein bisschen, dass die Kleidungsstücke wenigstens eher funktional als schick sein sollten. Ich gebe zu, dass ich mein Leben lang über ein recht dickes Fell verfügte. Böse Zungen behaupten, ich hätte die letzten Jahre auch eine wärmende Fettschicht getragen. Beides traf auf Bella und Elvis nicht zu. Boxern fehlt diese dicke Unterwolle beinahe gänzlich und das was bei den beiden jungen Tieren das Winterfell darstellen sollte, ließ selbst mich bei dem Gedanken an Schnee und Eis ein wenig frösteln.

Nun sind unsere Boxer schließlich nicht die einzigen auf der Welt und Frauchen diskutierte das Für und Wider ihres Vorhabens mit zahlreichen Kurzschnauzenbesitzern in den modernen, sozialen Medien. Von sowas habe ich keine Ahnung. Ich weiß lediglich, dass hier und da auch Fotos von mir in diesem Netz kursieren und Menschen diese mit einem netten Kommentar oder irgendwelchen Symbolen versehen können. Denn Sinn dahinter habe ich nie verstanden. Gibt es Menschen die ihr Tier abgeben, wenn es nicht genug Herzchen bekommt? In unserer Familie ist das zum Glück noch nie vorgekommen und ich traue es meinen Menschen auch nicht zu. Selbst Frauchen wurde es eines Tages zu anstrengend, all ihren Kurzschnauenfreunden gerecht werden zu wollen und jedes Bild gebührend zu bewundern. Schließlich sind alle Hunde schön. Es soll aber Menschen geben, die ihre Lieblinge beinahe stündlich vor die Linse zerren und jedes Bild veröffentlichen. Aber ich schweife schon wieder ab. Ich wollte ja von den Mänteln erzählen.

166

Die ausführlichen Recherchen hatten immerhin zu einem Ergebnis geführt. Fast alle Frauchen bekannten Boxerfreunde hatten sich für so ein wärmendes Accessoire ausgesprochen. Nun musste nur noch das richtige Modell gefunden werden. Regenmäntel wurden massenhaft angeboten, aber die wärmen bekanntlich nicht. Alles andere schien eher für kleinere Hunde geeignet. Wasserabweisend sollten die Hundemäntel schon sein, aber innen drin auch schön weich gefüttert. Darüber hinaus dürften die Kleidungsstücke Elvis und Bella keinesfalls in ihrer Bewegungsfreiheit einschränken. Trotzdem mussten die Leinen noch befestigt werden können. Schließlich fand Frauchen doch ein Modell, das allen Ansprüchen zu genügen schien. Jetzt musste ich nur noch dafür sorgen, dass die unmöglichen Farben in den großen Größen ausverkauft waren. Ganz so viel Erfahrung hatte ich ja auch noch nicht mit diesen überirdischen Dingen. Trotzdem ist es mir ganz gut gelungen, meinen Einfluss geltend zu machen. Bella bekam einen roten und Elvis einen blauen Mantel. Rosa war vergriffen und Frauchen kam zu der Einsicht, dass es auch nicht zu den roten Halsbändern gepasst hätte, die die Boxer inzwischen trugen. Bella war dem rosa Babyalter entwachsen und das knallige rot stand ihr ausgezeichnet. Mit einem Maß-band hatte Frauchen die Hunde so gründlich ausgemessen, dass sogar die vorbildlichen Boxer schon ungeduldig wurden.

Ein paar Tage später kam das Paket und ihre Erwartungen wurden nicht enttäuscht. Alles passte.

Elvis liebte seinen blauen Mantel vom ersten Moment an. Es hätte nur noch gefehlt, dass er ihn alleine angezogen hätte. Bella, die nach ihrer Operation diesen Strampelanzug getragen hatte, war da schon skeptischer. Den Anzug hatte sie schließlich nur im Haus getragen, während sie mit dem roten Mantel nun ihren Artgenossen begegnen sollte. Allerdings gewöhnte sie sich recht schnell an die Vorzüge der Verkleidung.

Sobald die Außentemperatur unter fünf Grad sank, wurden die beiden jungen Boxer vor den Spaziergängen warm verpackt und sie waren unterwegs nicht weniger vergnügt, als ohne ihre Mäntel. Vielleicht waren sie sogar noch ein wenig ausgelassener, denn im darauffolgenden Sommer sollte sich herausstellen, dass ein beinahe erwachsener Boxer sich nur unterhalb der zwanzig Grad Marke so richtig wohl fühlt.

Geschadet haben ihnen die ungewöhnlichen Kleidungsstücke auf keinen Fall. Beide haben den Winter ohne Erkältungen oder sonstige Blessuren überstanden!

10.

Partytime!

Die gutmütigen, hilfsbereiten und liebenswerten <u>Schweine</u> streben nach Harmonie und haben ein Herz aus Gold. Sie sind tolerant, aber nehmen kein Blatt vor den Mund. Sie können einfach nicht lügen und sind darum absolut vertrauenswürdig. Ihr Glück ist sprichwörtlich – vielleicht sind sie deshalb so optimistisch und glauben

171

stets an das Gute im Menschen. Groß-
zügigkeit ist eine der herausragenden
Eigenschaften des Schweins: dies gilt
anderen wie auch sich selbst gegenüber. Es liebt Vergnügungen und
Geselligkeit und kann ziemlich ausschweifend genießen. Schweine sind
friedliebend und ohne Hintergedanken,
oft sogar dickfellig, wenn man sie
beleidigt. Sie vermeiden Streit um der
Harmonie willen. Trifft man doch
einmal ihren Nerv, dann können sie in
Rage geraten.

Gutmütiger Genießer

Schweine sind aufgrund ihres heiteren, hilfsbereiten und toleranten Wesens sehr beliebt. Sie können nur schwer Nein sagen und genießen das Leben gern in vollen Zügen. Das ist nicht immer gut fürs Konto und die Figur! Trotzdem legen sie Wert auf Qualität, auch der Partner wird zuerst auf Herz und Nieren geprüft – und bei Gefallen dafür umso heftiger mit Liebe über- schüttet. Wenn sie sich beruflich für eine Aufgabe entschieden haben, kön- nen sie sehr pflichtbewusst und enga- giert auf ihr Ziel hinarbeiten. Da sie zu Extremen neigen, sollten sie mit Aus-

dauersport Dampf ablassen und sich ausbalancieren.

(Quelle: /www.chinesisches-horoskop.de/sternzeichen/schwein/)

Vielleicht haben Sie es sich jetzt schon gedacht, meine Geschwister sind im chinesischen Sternzeichen Schwein geboren. Das klingt möglicherweise erst einmal negativ, aber wenn Sie ein aufmerksamer Leser sind, werden Sie mir recht geben, dass diese Charakterbeschreibung gut zu Bella und Elvis passt.

Bisher habe ich versäumt zu erwähnen, dass die beiden Besuch lieben. Sie freuen sich nicht einfach nur über die zusätzlichen Menschen im Haus, sie können sich überhaupt nicht mehr einkriegen. Meine Familie hat so einiges versucht, um den wilden Junghunden das Hochspringen an Menschen abzugewöhnen, aber es scheint unmöglich zu sein. Elvis und Bella hüpfen und springen, sie laufen den Besuchern ein Stück voraus, nur um dann mit voller Wucht erneut Anlauf auf die Neuankömmlinge zu nehmen. Opa hat während der ersten Monate der Boxer in ihrem neuen Zuhause mehr Kratzer davongetragen, als im Laufe seiner jahrzehntelangen Fußballkarriere. Kündigten Oma und Opa ihren Besuch telefonisch an, machte Frauchen sich schon mal auf die Suche nach der Packung mit den Heftpflastern. Natürlich wurden nicht alle Gäste mit der gleichen Euphorie begrüßt. Es schien, als wüssten die Hunde ganz genau, wer vollkommen vernarrt in sie war und wer mit mehr Respekt behandelt werden musste. Das Eintreffen des Tierarztes quittierten sie mit freundlichem Schwanzwedeln. Manche andere Besucher wurden nur kurz begrüßt, bevor sich Bella und Elvis für ein Schläfchen zurückzogen. Die ausgelassene Show gaben sie, wie es zunächst schien, nur für den engsten Familienkreis. Egal ob die Boxer hunde- müde oder putzmunter waren, sie freuten sich über jeden Besucher.

So hatte Frauchen auch überhaupt keine Bedenken, als Herrchen ihr von der Idee seiner Kollegen erzählte, die diesjährige Weihnachtsfeier im Haus meiner Familie stattfinden zu lassen. Es schien als hätte die Prominenz der Boxer sich weit über ihren Wohnort herumgesprochen und nun wollten sogar Herrchens Arbeitskollegen die Kurzschnauzen kennenlernen. Die meisten von ihnen waren selbst Hundebesitzer und junge Tiere üben auf viele Menschen eine geradezu magische Anziehungskraft aus. Daran ist nichts auszusetzen. Menschen die Tiere mögen haben ein gutes Herz, das auch für ihre Mitmenschen schlägt.

Frauchen hielt dieses Fest für die perfekte Lösung. Elvis und Bella mussten nicht alleine zu Hause bleiben und ihr blieb eine weite Fahrt auf dem Beifahrersitz von Herrchens Auto erspart. Bei der Gelegenheit konnte Herrchen auch mal ein paar Bierchen mit seinen Kollegen trinken. Frauchen fürchtet sich vor deutschen Autobahnen und sitzt auf diesen Fahrten niemals hinter dem Steuer.

Dafür stürzte sie sich nun mit Eifer in die Vorbereitungen. Ein Termin war schnell gefunden. Das sorgfältig ausgewählte Essen würde pünktlich zur Feier geliefert werden. Die Getränke wurden mit der gleichen Sorgfalt zusammengestellt und eingekauft. Frauchen blieb genug Zeit, sich mit erfreulichen Themen wie der Dekoration und anderen benötigten Accessoires zu beschäftigen. Es gab mehr als genug Gründe, das Haus noch weihnachtlicher zu schmücken als in den Vorjahren. Bella und Elvis würden schließlich ihr erstes Weihnachtsfest erleben und dann gab es auch noch jede Menge willkommene Gäste.

Noch war es aber nicht soweit. Die Boxer sollten zur Vorbereitung auf den großen Tag noch ein bisschen üben. Da kam es meinen Menschen ganz gelegen, dass der Student im Oktober zur Welt gekommen ist und Herrchen seinen Geburtstag Mitte November feiert. Perfekte Gelegenheiten also, die beiden Hunde an ein Haus zu gewöhnen, in dem es nur so von Besuchern wimmelt. Die Familie stand natürlich gerne als Versuchskaninchen zur Verfügung. Sie wären ja sowieso gekommen, die Tanten und Onkel, die Nichten und Neffen und natürlich Oma und Opa. Es waren wirklich schöne Feste, die da gefeiert wurden. Auch ich habe mich sehr gut amüsiert. Da machte es gar nichts aus, dass einem Onkel beinahe die Brille zerbrochen wäre und eine Tante von Elvis eine gutgemeinte Kopfnuss bekam. Es reichte ihnen wohl nicht, dass die jungen Hunde sie überschwänglich begrüßten, der ein oder andere musste sich dabei auch noch weit zu ihnen hinunter beugen. Ich muss zugeben, ich habe die Verwandtschaft wohl nicht besonders gut erzogen. Vielleicht gelingt es Bella und Elvis, ihnen endlich Manieren bei zu bringen.

Schließlich war der große Tag gekommen. Die Boxer machten, wie immer, einen ausgedehnten Spaziergang durch die Felder. Herrchen und Frauchen erhofften sich wohl, am Abend müde Hunde präsentieren zu können. Die beiden ahnten natürlich bereits, dass an diesem Tag noch etwas ganz Besonderes passieren musste. Warum sonst sollten ihre Menschen diese unverwechselbaren Gerüche nach Aufregung und Vorfreude verströmen. Vorsichtshalber schliefen sie noch eine Runde, bevor das Fest beginnen sollte.

Pünktlich um neunzehn Uhr klingelte der erste Gast an der Haustür. Alle Besucher waren natürlich im Voraus über die Anwesenheit der wilden Kurzschnauzen informiert worden und hatten in Aussicht gestellt, sich entsprechend lässig zu kleiden. Trotzdem neigen Menschen, insbesondere Frauen immer dazu, sich für solche Anlässe fein machen zu wollen. Im Fall der nun eintreffenden Dame hatte die Eitelkeit über das praktische Denken gesiegt.

Frauchen versuchte die Hunde zurückzuhalten, die wie Gummibälle in Richtung Hausflur sprangen. Die Haustür hatte sich gerade hinter der Dame geschlossen, als die Boxer ihrer Freude über deren Ankunft Ausdruck verliehen. Die erste Nylonstrumpfhose hatte um neunzehn Uhr und fünf Minuten eine Laufmasche.

Nach und nach trafen auch die anderen Gäste ein. Auf der Terrasse gab es Glühwein zur Begrüßung. Die Besucher waren begeistert von dem wärmenden Getränk und akzeptierten bereitwillig die Zugabe in Form von Hundesabber auf den Hosenbeinen. Die Jeanshosen waren zum Glück in der Überzahl, so hielt sich die Anzahl der Laufmaschen in Grenzen.

Herrchens Arbeitskollegen und deren Lebenspartner standen locker verteilt auf der überdachten Terrasse und unterhielten sich, wie Menschen es bei solchen Zusammentreffen nun einmal zu tun pflegen.

Bella und Elvis teilten sich den Platz auf der Hollywoodschaukel und buhlten um die allgemeine Aufmerksamkeit. Sie hatten schon lange gelernt, dass ihnen die erhöhte Position dabei enorme Vorteile verschaffte. Nun dürfen natürlich nicht alle Menschen Alkohol trinken. Diejenigen, die hinterher noch Auto fahren müssen, haben das Nachsehen. Als Frauchen aus der Küche trat und einer der Fahrerinnen die gewünschte Tasse Kaffee überreichte, beleuchteten die vielen weihnachtlichen Lichter eine seltsame Szene. Herrchens Chefin war in ein angeregtes Gespräch mit einigen ihrer Untergebenen vertieft. Das allein war natürlich kein bisschen seltsam. Die Körperhaltung der blonden Frau im schicken Mantel gab Frauchen aber zunächst Rätsel auf. Der linke Arm war unnatürlich nach hinten verdreht und schien dort von irgendetwas festgehalten zu werden. Die Dame ließ sich davon nicht beirren und konzentrierte sich auf ihre Gesprächspartner. Frauchen bahnte sich einen Weg durch die Gäste, bis die sich teilende Gruppe den Blick auf die Hollywoodschaukel freigab. Die kleinen Boxer knabberten mit Hingabe am Pelzbesatz des Mantelärmels. Vorsichtig befreite Frauchen das edle Kleidungsstück aus den Kurzschnauzen und holte eilig die vorsichtshalber bereitgelegten Kauknochen. Die Dame nahm es mit Humor. Überhaupt schienen alle Besucher angenehme Zeitgenossen zu sein. Die jungen Boxer fielen wenig später auf der Couch in den Tiefschlaf. Für heute hatten sie mal wieder genug Aufregendes erlebt. Der Abend, oder vielleicht sollte ich lieber sagen die Nacht, verlief ohne weitere Zwischenfälle. Erst in den frühen Morgenstunden verabschiedeten sich die letzten Gäste nach einer feucht fröhlichen Feier.

Es sollten mehr als acht Monate vergehen, bis das Gespräch zwischen Herrchen und seiner Vorgesetzten zufällig auf die Hunde kam und er erfuhr, dass sie am fraglichen Abend während des Essens einen unglücklichen Platz erwischt hatte. Die Tischplatte war wegen der Anzahl der Besucher natürlich auf ihre volle Länge

ausgezogen worden und die vielen Sitzge-
legenheiten kollidierten beinahe mit dem
Sofa, auf dem sich die Hunde zusammen-
gerollt hatten. Die blonde Dame mit dem
schicken Mantel hatte ihr Essen in Gesell-
schaft eines Boxers eingenommen, der mit
den Hinterläufen auf dem Sofa gestanden
hatte. Seine Vorderläufe hatten dabei auf
ihren Schultern geruht, so dass er ihr
bequem über die Schulter hatte sehen
können. Das war Herrchen sogar im
Nachhinein noch peinlich. Leider ließ sich
nicht mehr nachvollziehen, wer von den
beiden Halbwüchsigen so anhänglich
gewesen war, aber Frauchen hatte im
stillen einen Verdacht. Elvis hat diese

Angewohnheit bis heute nicht ganz ablegen können.

Nun habe ich der Geschichte ein wenig vorgegriffen. Es war schließlich immer noch Dezember. Das eigentliche Weihnachtsfest stand noch bevor und die Feierlichkeiten im Kreis der Familie sollten auch nicht ohne Bella und Elvis stattfinden.

Während Petzi, Gina, Casper und ich hier oben auf der Wolke den Rentieren beim Fliegen zusahen, feierten unsere Menschen auf der Erde das Fest der Liebe.

Die Geschenke für Elvis und Bella waren nicht weniger liebevoll ausgesucht und verpackt, als unsere es in der Vergangenheit gewesen sind. Den Heiligen Abend verbrachten unsere Menschen wieder bei Oma und Opa. Das hatten wir alles schon oft erlebt. Ich sogar mehr als ein Dutzend mal. Überraschenderweise geschah so gar nichts Aufregendes. Die Boxer verhielten sich vorbildlich und pennten zur Abwechslung auf dem Sofa im Haus unserer Großeltern. Erst am nächsten Tag, dem ersten Weihnachtsfeiertag, mussten die beiden zwei Stunden allein zuhause bleiben, während unsere Menschen sich mit Herrchens Verwandtschaft in einem Restaurant trafen. Dort sind Hunde leider nicht erlaubt. Ich persönlich hätte auch gar nicht zwischen den vielen Stühlen in dem überfüllten Lokal liegen wollen. Herrchen, Frauchen und der gemeinsame Sohn wollten es eigentlich auch nicht. Ich meine natürlich, sie hatten keine Lust in ein überfülltes Restaurant zu gehen, obwohl sie auf den Stühlen sitzen durften. Aber wenigstens an Weihnachten sollten die vielen Tanten, Onkel, Nichten, Neffen und deren aktuelle Liebschaften an einem Tisch sitzen. Man sah sich sowieso an den anderen dreihundertvierundsechzig Tagen des Jahres nicht, zumindest nicht in voller Besetzung.

Sie erinnern sich vielleicht, dass es mein erstes Weihnachtsfest im Himmel war. Nun kam ich zum ersten Mal in den Genuss, mir dieses Spektakel aus der Vogelperspektive anzusehen. Genau wie die Boxer an diesem ersten Weihnachtstag, hatte ich natürlich in den vergangenen Jahren auch zuhause warten müssen. Gina flüsterte mir ins Ohr, dass es sie jedes Mal eher an Weihnachten neunzehnhundertvierzehn erinnerte, wo sich die Soldaten der verfeindeten Armeen während des ersten Weltkriegs im Niemandsland an der Westfront getroffen und zusammen Weihnachten gefeiert hatten. Petzi verdrehte wegen der Besserwisserei unserer Schwester genervt die Augen. Immerhin hatten unsere Menschen in diesem Jahr einen guten Grund, die Veranstaltung nach dem Essen gleich wieder zu verlassen. Allzu lange wollten sie die Jungspunde dann doch noch nicht allein lassen. Elvis freute sich dann auch so sehr über ihre Rückkehr, dass diesmal Frauchen eine Kopfnuss kassierte. Ihr Jochbein verfärbte sich in den nächsten Tagen leicht bläulich. Damit hatten die beiden Kurzschnauzen ihr erstes Weihnachtsfest so gut wie überstanden und langsam bereiteten sich alle auf den Jahreswechsel vor. Dieses grauenhafte Fest, dass die Menschen Silvester nennen, habe ich nie gemocht. Zehn Jahre lang habe ich die laute Knallerei und die hellen Lichtblitze versucht mit lautem Gebell zu vertreiben. Bei den zwei folgenden Jahreswechseln hat Frauchen als erstes dem Wischmopp ein frohes, neues Jahr gewünscht, weil sie ihn sowieso gerade im Arm hielt. Ich konnte diese merkwürdigen Vorgänge einfach nicht mehr zuordnen und habe bei jedem Knall die Kontrolle über meine altersschwache Blase verloren. Die letzten zwei Silvesternächte habe ich komplett verschlafen. Meine Ohren waren da schon nicht mehr so gut.

Nun warteten alle mit Spannung darauf, wie Elvis und Bella mit dieser neuen Erfahrung umgehen würden.

Am Abend des einunddreißigsten Dezembers bekamen die beiden Boxer und natürlich meine Menschen erneut Besuch. Es muss ungefähr zu der Zeit gewesen sein, als Miss Sophie, wie jedes Jahr, ihr einsames Dinner einnahm. Ich war erstaunt, dass auch Oma und Opa zu diesem Anlass erschienen. Nein, natürlich nicht um fernzusehen, sondern um zusammen mit Bella, Elvis und der anwesenden Verwandtschaft das neue Jahr zu begrüßen. Sonst war eigentlich alles genau so, wie ich es aus den vielen Jahren zuvor kannte. Da war der große Onkel mit der Brille, der oft schon den Nachmittag in unserem Haus zubrachte und die Tante mit ihrem Gatten, die im Gegensatz dazu immer mit Verspätung eintrafen. Diesmal handelte es sich erstaunlicherweise nur um wenige Minuten. Während die Familie sich das letzte Abendessen des Jahres schmecken ließ, rangelten die Kurzschnauzen noch um ihre Spielzeuge. Anschließend spielten die Menschen ein paar dieser merkwürdigen Spiele, die ich nie so ganz verstanden habe. Ich kenne Minigolfplätze wohl vom Hörensagen, aber ich wusste nicht, dass wir einen auf dem Esstisch hatten. Auch von Curling habe ich bereits gehört, dachte aber, man würde dafür eine Eisfläche brauchen. Meiner Familie genügte anscheinend das Wohnzimmer. Elvis und Bella ließen sich auch von den verrückten Verkleidungen nicht irritieren, die unsere liebe Verwandt- schaft trug. Das war übrigens auch neu. Ich musste zweimal hinsehen, als ich den großen Onkel unter einem landestypi- schen Hut erkannte, an dem lauter Glöck- chen bimmelten. Auch habe ich Opa in der Vergangenheit öfter über böse Menschen schimpfen hören, denen er wünschte, dass ihnen ihr Gemächt über die Nase wüchse, so dass ihre eigenen Hoden ihnen die Sicht nehmen würden, aber dass es nun schon Brillen gab, die diese Fehlbildung vortäuschten, war selbst mir neu. Bitte entschuldigen Sie diese nicht ganz jugendfreie Wendung der Geschichte. Ich möchte ihnen nur verdeutlichen, wie unglaublich die Verkleidungen waren. Glücklicherweise handelte es sich um eine Ausnahme. Nicht, dass hier ein falscher Eindruck entsteht. Unser Opa ist wirklich ein feiner Mann. Er trägt immer ein paar Leckerbissen für uns Vierbeiner bei sich und sie wissen ja bestimmt noch, was ich über Menschen geschrieben habe, die gut zu Tieren sind. Ich schweife schon wieder ab.

196

Der Silvesterabend nahm seinen Lauf. Nachdem die Uhr auf dem Kamin bereits vor geraumer Zeit elf Mal geschlagen hatte, machten sich alle für den Jahreswechsel bereit. In diesem Jahr gehörte dazu eine Verdunkelung unseres Hauses. Zumindest für den Betrachter, der von der Straße aus bis eben noch das lustige Treiben im Wohnzimmer durch die Fenster hätte beobachten können. Jetzt wurden die Rollladen heruntergelassen, damit Bella und Elvis das grelle Feuerwerk nicht ertragen mussten. Schlimmer als das Licht sind die Geräusche, die nun wenigstens ein bisschen gedämpft wurden. Unsere Menschen verzichteten zu Recht darauf, sich an der Knallerei zu beteiligen. Es soll sehr teuer sein und der Umwelt schaden. Für uns Hunde ist es jedenfalls eine Zumutung. Die jungen Boxer bellten ein bisschen, während sie schlaftrunken über das Sofa taumelten. Ihr Vertrauen in ihre Menschen reichte zur allgemeinen Erleichterung schon so weit, dass sie sich einigermaßen beruhigen ließen. Soweit ich mich erinnere, überhäuften sich in den vergangenen Jahren erst die Menschen gegenseitig mit guten Wünschen für das neue Jahr, bevor ich an die Reihe kam. Diesmal hatten die Kurzschnauzen die Nasen vorn. Vielleicht betrachteten die Gäste sie auch als eine Art Glücksschweine, die man, ähnlich wie einen Schornsteinfeger, berühren muss, damit sich die guten Wünsche erfüllen. Keiner unserer Menschen ahnte zu diesem Zeitpunkt, wie nötig das Glück im Jahr zweitausendundzwanzig gebraucht wurde. Vielleicht hätten nicht so viele Optimisten nach den goldenen Zwanzigern schreien sollen, die sich nun ihrer Meinung nach wiederholen mussten.

Als aufmerksamer Leser wissen Sie natürlich, dass das bedeutsamste Fest für die Boxer erst einen Monat später stattfand.

Am dreißigsten Januar feierten Elvis und Bella ihren ersten Geburtstag. So ist das eben bei Zwillingen, auch wenn die eine hirschrot und der andere gestromt ist. Elvis war seiner Schwester über den Kopf gewachsen, wie sich das für einen Rüden gehört. Selbst seine Nase war inzwischen schon ein gutes Stück größer als ihre und seine Schnauze war auch nicht mehr so kurz. Dafür hatte Bella die größeren Ohren, oder sie wirkten an ihrem kleinen Kopf nur so groß. Im Großen und Ganzen waren sie zu bildschönen Boxern herangewachsen. Sie werden mir verzeihen, dass ich hier vielleicht ein wenig voreingenommen bin.

Natürlich war auch ich der Meinung, dass der Ehrentag gebührend gefeiert werden musste, aber die bunten, spitzen Hüte auf den Köpfen der Verwandtschaft fand ich doch ein bisschen übertrieben.

Bella und Elvis interessierten sich dann auch vielmehr für die Geschenke, an

denen sie noch lange Freude haben sollten. Nur die essbaren waren recht schnell
vertilgt. Für die Menschen an der Kaffee-
tafel gab es Torte. Die Hunde bekamen
ihren eigenen Geburtstagskuchen, der in
der Hauptsache aus Leberwurst bestand.
Schade, dass ich nicht auch ein Stück
davon abbekommen konnte. Die Kerze
konnten die Boxer leider nicht selbst
ausblasen, aber auch die Menschen waren
froh, als das ungewöhnliche Ding aufhör-
te, an einem Stück „Happy Birthday" zu
dudeln.

Das erste Lebensjahr war um und Bella
und Elvis bereit für ein neues Kapitel.

11.

Vor dem Kauf eines Boxers sollte man außerdem wissen;

Boxer schnarchen, pupsen, haaren und sabbern.

Tja, niemand ist perfekt.

(Quelle: _www.Tierchenwelt.de_**)**

Stimmt! Das ist mal eine passende Rasse-beschreibung. Es könnte glatt der Steck-brief von Bella und Elvis ein. Allerdings wäre er so nicht komplett. Sie sind auch kuschelig weich, immer freundlich sehr gelehrig. Die Liste ihrer positiven Eigen-schaften ließe sich noch fortsetzen, aber wir wollen es ja mal nicht übertreiben mit der Lobhudelei.

Die Sache mit dem Pupsen war weitestge-hend überstanden. Nachdem das passende Futter für die beiden endlich gefunden war, traten solche Erscheinungen nur noch in Ausnahmefällen auf. Petzi grinst schon wieder ein bisschen. Unser Frauchen war schließlich an viele, viele Haare gewöhnt.

Da waren die langen Haare aus dem dreifarbigen, meist ungekämmten Fell der Berner Sennenhündin, die zusammen mit den kurzen Haaren des Rottweilermädchens beim Fegen ein beachtliches Knäuel ergeben hatten. Petzi hat das Bürsten ihr Leben lang gehasst. Dann waren da natürlich meine Haare. Erst hatten sie die unauffällige Farbe des Fußbodens gehabt, später waren sie in Ehren ergraut. Mit dem Alter kam auch der vermehrte Haarausfall und obwohl ich bis zum Schluss in jeder Hinsicht ein dickes Fell hatte, spendete Frauchen meine ausgefallenen Haare zeitweise einer Arbeitskollegin, die damit die Maulwürfe aus ihrem Garten fernhielt. Die Boxerhaare konnten Frauchen also nicht erschrecken. Auf dem Sofa fielen sie auch gar nicht auf. Bella und Elvis waren farblich gut auf die Einrichtung abgestimmt. Natürlich lassen sich die kurzen Haare nicht ganz so gut aus Textilien entfernen, wie die langen, aber die Hundehaare an sich waren ausnahmsweise nicht Frauchens größtes Problem bei der Hausarbeit. Frauchen hatte angenommen, dass kein Hund auf der Welt mehr sabbern könnte als ich und das, obwohl ich eine lange Schnauze hatte. Sie hatte nie zuvor mit einem Boxer zusammen gelebt. Jetzt hatte sie sogar zwei. Nun stellen Sie sich bitte keine Hunde vor, die ständig aus der Schnauze tropfen. Wenn Sie das unter

Sabbern verstehen, dann Sabbern unsere Boxer nicht. Sie schlabbern. Man könnte meinen, es habe ihnen niemand das Trinken beigebracht. Mindestens der halbe Inhalt des Wassernapfs landet nicht im Hundemagen, sondern auf dem Fußboden. Die aufgenommene Flüssigkeit läuft ihnen einfach wieder aus den Lefzen heraus und verwandelt die Küche in eine Rutschbahn. Hier ließe sich nun ganz wunderbar Curling spielen. Der Schrubber steht auch ständig bereit. Übung haben unsere Menschen nun auf jeden Fall genug. Ich habe keine Ahnung, warum noch keiner von ihnen auf die Idee gekommen ist, ein paar Eisstöcke für die Küche zu besorgen. Man könnte das

Spielfeld auch prima ausweiten. Zumindest Elvis schafft es, das Wasser über den gesamten Flur bis ins Wohnzimmer zu verteilen. Vielleicht werde ich Frauchen zur Inspiration mal einen Traum schicken, in dem sie den Flötenkessel zum Eisstock umfunktioniert. Eine gewisse Ähnlichkeit lässt sich doch nicht bestreiten. Bevor ich nun ganz albern werden, zurück zu den Tatsachen. Sie können sich vorstellen, was Frauchen alles ausprobiert hat. Handtücher unter dem Wassernapf nutzen überhaupt nichts. Der Versuch, den Boxern beizubringen, sich gefälligst an einem bereithängenden Lappen die Schnauze abzuwischen, scheiterte nicht etwa an der Intelligenz der Hunde, sondern an der

Tatsache, dass Elvis immer dann trinkt, wenn Frauchen gerade mit Bella übt oder eben umgekehrt. Es gibt eben doch Dinge, die man nicht mit zwei Hunden gleichzeitig trainieren kann und den Durst zu stillen ist schließlich ein notwendiges Bedürfnis.

Die Lösung war ein Trinkbrunnen. Dieses elektrisch angetriebene Teil spendet ständig frisch gefiltertes, mit Sauerstoff angereichertes Wasser. Das ist auch noch gesund. Jetzt kommen Sie mir bitte nicht mit dem Energieverbrauch. Immerhin verfügen Elvis und Bella inzwischen über so ein hochmodernes Teil, das anspringt, wenn sich eine durstige Schnauze nähert. Sonst wartet es in einer Art Bereitschaftsmodus. Die Illusionen will ich Ihnen trotzdem nehmen. Es hilft ein wenig, aber um den enormen Wasserbedarf von zwei inzwischen ausgewachsenen Boxern zu decken, stehen die herkömmlichen Näpfe nach wie vor gefüllt bereit.

Wenn sie gerade nicht getrunken haben, sabbern Bella und Elvis nur in Ausnahmefällen. Wenn sie ausgiebig schnüffeln zum Beispiel. Unsere beiden Spürnasen lieben Schnüffelspiele und da diese Art von Beschäftigung auch noch ihren Geist anregt, werden sie gerne und häufig gespielt. Natürlich zählt auch Aufregung und Hecheln nach körperlicher Bewegung zu den Momenten, in denen der Speichel vermehrt fließt. Das sieht man nicht nur an den Hosenbeinen unserer Menschen, sondern auch an den parkenden Autos, wenn Elvis sich beim Spaziergang einmal gründlich schüttelt, wie ein gesunder Hund das zu tun pflegt. Besonders peinlich ist es Frauchen immer dann, wenn ein Wohnhaus mit frisch geputzten Fenstern in der Nähe steht. Nun ja, es hat auch schon unsere eigenen Fenster erwischt.

Wenn man meiner Oma glauben darf, ist auch der Mensch ein Tier, nämlich ein Gewohnheitstier und tatsächlich gewöhnten sich meine Menschen mehr und mehr an das Geschlabber. Frauchen neigte noch immer dazu, eine Trainingseinheit für die Boxer in die Hausarbeit zu integrieren. An einem regnerischen Mittwochvormittag folgten die Kurzschnauzen dem Staubsauger brav vom Schlafzimmer in Richtung Bad. Die Choreographie ähnelte der aus den vielen Wochen zuvor. Bella und Elvis setzten die Anweisungen „sitz", „platz", „bleib" und „hier" noch immer mit Begeisterung in die Tat um. Nur das Ergebnis der Reinigungsaktion fand Frauchen diesmal nicht zufriedenstellend. Im Gegenteil. Die Böden waren nun fleckig und selbst der Staubsauger schlingerte haltlos auf dem rutschigen Hundesabber. Elvis schien das Wasser im Mund zusammenzulaufen. Aus seiner Schnauze tropfte es wie aus einem Wasserhahn. Frauchen staunte. Der Appetit auf die Belohnungshappen hatte bisher nicht dazu geführt, dass der

Rüde vor Begeisterung überlief. Frauchen überlegte einige Sekunden, ob diese Art von Beschäftigung überhaupt noch einen Sinn ergab. Dann setzte glücklicherweise ihr Verstand wieder ein. Irgendetwas konnte nicht stimmen. Ein Hund der solche Mengen an Speichel produziert leidet. Der Staubsauger musste warten. Frauchen untersuchte Elvis auf sichtbare Verletzungen und schaute ihm dabei auch ins Maul. Treffer. Der Boxer hatte sich den rechten, unteren Eckzahn abgebrochen. Wann und wo das passiert war, ließ sich nicht mehr nachvollziehen. Das fehlende Stück Zahn wurde später tatsächlich im Schlafzimmer gefunden. Das Betthupferl allein konnte kaum zu diesem Verlust geführt haben. Meine Menschen hielten es für wahrscheinlicher, dass Elvis sich die Verletzung im wilden Spiel mit seiner Schwester geholt hatte. Bei den Zerrspielen schlugen die beiden häufig über die Stränge. Vielleicht hatte der Zahn dabei einen Knacks bekommen und war beim Verzehr des nächsten harten Hundekeks endgültig abgebrochen. Ratlos betrachteten auch die herbeigerufenen Familienmitglieder den Eckzahn. Die Milchzähne hatten die Boxer längst verloren, es würden nun keine Neuen mehr nachwachsen. Eine Entzündung des Wurzelkanals zu riskieren, kam natürlich überhaupt nicht in Frage. Herrchen hielt Elvis Kurzschnauze offen, während Frauchen aus jeder erdenklichen Perspektive Fotos machte. Ich fragte mich, was meine Menschen da eigentlich trieben, aber dann nickten Petzi, Gina und ich uns begeistert zu. Frauchen schickte die Aufnahmen dem Tierarzt. Bestimmt würde man den Zahn vollständig entfernen müssen. Eine andere Option wäre eine zahnärztliche Behandlung in der Klinik. Ja, auch Hunde können sich durchaus einer Wurzelbehandlung unterziehen. Zu unser aller großen Freude musste es nicht soweit kommen. Die Verletzung des Eckzahns war nicht besonders tief. Es bestand keine Gefahr für Elvis Gesundheit und er durfte den Zahn behalten. Meine Menschen hatten wieder etwas dazu gelernt. Auch bei den Hunden vier und fünf gab es noch Vorfälle, von denen wir verschont geblieben sind. Niemand aus unserer Familie, nicht einmal ich, hatte gewusst, dass das erwachsene Gebiss des Hundes seine endgültige Härte erst mit der Zeit bekommt. Elvis kleiner Unfall war in Fachkreisen keine Seltenheit. Er bekam für einige Tage ein Schmerzmittel und damit war der Spuk vorbei. Mit den Schmerzen verschwand auch das stetige Tropfen und die für einen Boxer normalen Speichelmengen erfüllten unsere Menschen fortan mit Dankbarkeit statt mit Unmut. Es ist eben alles immer eine Frage der Perspektive! Pupsen, haaren und sabbern störten den Familienfrieden nicht. Blieb das Schnarchen. Diese nächtlichen Geräusche hatten im Schlafzimmer schon vor dem Einzug von Bella und Elvis für manche unruhige Nacht gesorgt. Nun hatte Herrchen Verstärkung bekommen. Elvis sanftes Geschnörkel erinnerte an die sanften, zufriedenen Töne, die auch ich mit meiner langen Schnauze hin und wieder im Tiefschlaf produziert habe. Bella hingegen erinnerte Frauchen an einen vorbeifahrenden Traktor. Den will kein müder Mensch in seinem Schlafzimmer haben. Gemeinsam mit Herrchen erreichte die Hündin locker den Geräuschpegel einer Boeing auf der Startbahn. Frauchen hätte im Traum nicht daran gedacht, dass sie einmal mit Kopfkissen und Decke unter dem Arm wegen eines Hundes das Zimmer verlassen würde. Während der ersten gemeinsamen Lebensmonate meiner Familie und den Boxern führte das zu der ein oder anderen Katastrophe. Hatte Frauchen in einem anderen Raum endlich Schlaf gefunden, wachten die Welpen auf. Herrchen hingegen schnarchte friedlich weiter und bekam von dem Treiben um ihn herum nichts mit. Die jungen Hunde zupften begeistert an den Vorhängen. Wenn ihnen das zu langweilig wurde, weiteten sie ihre nächtlichen Streifzüge auf das Badezimmer aus und entdeckten dort bunte Flaschen mit Shampoo und weiche Handtücher. Frauchen reagierte verstimmt auf das Chaos, das sie am

Morgen erwartete, während Herrchen immer noch schlief. Die Kissen und Bettdecken haben Elvis und Bella nie angerührt. Herrchen hatte wohl schon immer einen tiefen Schlaf. Gina gibt in solchen Situationen hier oben gerne die Anekdote zum Besten, wie sie einen ganzen Kissenbezug um Herrchens ruhendes Haupt herum auffraß, ohne dass er etwas bemerkte. Das klingt erstaunlich, ist aber wahr. Die Boxer nahmen nach ein paar Monaten Vernunft an und der Nachtruhe stand nichts mehr im Wege. Frauchen konnte sie unbesorgt allein lassen und wieder mit zwei geschlossenen Augen schlafen. Bella schnarchte auch nur noch ganz selten in voller Lautstärke. Nur

Herrchen hat Frauchen es bis heute nicht abgewöhnen können.

Einige Wochen bevor Elvis' Eckzahn abbrach, hatte sich der Alltag unserer Familie bereits drastisch verändert. Sie werden sich vielleicht schon gewundert haben, warum Frauchen an einem stinknormalen Mittwochvormittag die Herren dazu rufen konnte. Nun, wo soll ich anfangen. Es ist für einen Hundeengel nicht ganz einfach, diese Ereignisse in Worte zu fassen. Alles begann damit, dass die Nachrichtensendungen im Fernsehen einige Zeit nach dem Jahreswechsel, aber vor dem Boxergeburtstag von einer in China ausgebrochenen Krankheit berichteten. Ich glaube, das hat die Menschen interessiert ohne sie wirklich zu schockieren. Es war schließlich nicht das erste Mal. Die meisten Erdenbewohner hatten zu diesem Zeitpunkt vermutlich auch andere Dinge zu tun, als sich darüber den Kopf zu zerbrechen. Jeder ging weiterhin seinen alltäglichen Beschäftigungen nach. Dann, ganz plötzlich, nach diesem Karneval, den ich sowieso nie leiden konnte, trat das Virus plötzlich in Deutschland auf. Es schien sehr gefährlich zu sein. Über die Gefahr für uns Vierbeiner gab es zunächst widersprüchliche Aussagen. Noch ehe Mensch und Tier so richtig verstanden hatten, was da eigentlich vor sich ging, verbreitete sich die Krankheit mit rasanter

Geschwindigkeit. Alle sprachen nur noch von Corona, was mich zunächst ein wenig verwirrte. Ich habe in unserem Haus Flaschen mit dieser Aufschrift im Kühlschrank gesehen. Meine Menschen schienen dem Wort bislang eine positive Bedeutung beigemessen zu haben. Sie werden ja nichts Gefährliches im Kühlschrank bei den Lebensmitteln lagern. Soweit ich weiß, hat es ihnen auch nie geschadet. Nun aber war Corona eine unsichtbare Gefahr.

Von einem Tag zum anderen studierten Studenten nicht mehr an Hochschulen oder Universitäten, sondern zu Hause vor den Bildschirmen. Kinder gingen nicht mehr in die Schule, sie wurden jetzt von ihren Eltern unterrichtet. In vielen Fällen war das möglich, weil auch Mütter und Väter im Homeoffice bleiben mussten. Eine gute Woche nachdem unser Student zum Daheimbleiben aufgefordert wurde, bezog auch Herrchen sein häusliches Arbeitszimmer für einen noch nie da gewesenen Zeitraum von vielen Wochen. Das also war der Grund, warum alle zuhause blieben.

Restaurants wurden geschlossen. Die Menschen durften weder ins Kino, noch ins Theater. Nicht, dass meine Familie das vorgehabt hätte, schließlich gaben die Boxer jeden Tag Privatvorstellungen.

Einkaufen musste Frauchen alleine. Es gab strenge Auflagen, wie viele Menschen sich gleichzeitig in einem Geschäft aufhalten durften. Sogar die Einkaufswagen wurden desinfiziert. Nun war mein Frauchen es durchaus gewohnt, alleine Einkaufen zu gehen, aber die Sache gestaltete sich zunehmend schwieriger. Sie sind wahrscheinlich mit der Situation vertraut und warten nun darauf, dass ich die Hamsterkäufe erwähne, die plötzlich in aller Munde waren. Ich mag dieses Wort eigentlich gar nicht benutzen. Hier oben gibt es sehr, sehr viele Hamster, die das Verhalten der Menschen in den Supermärkten ebenso traurig verfolgten, wie wir hier auf unserer Wolke. Es stimmt zwar, dass Hamster Futter sammeln, aber sie bevorraten Nahrungsmittel für die Zeit im Winter, in der sie sonst hungern müssten. Für die Menschen auf der Erde sah es, was die Lebensmittelvorräte betrifft, aber zu keiner Zeit so aus, als würden sie in Kürze verhungern müssen. Die Hamster wären auch jederzeit bereit gewesen, ihre Vorräte zu Teilen, während sich die Menschen in den Geschäften um das letzte Paket Toilettenpapier prügelten. Genau! Toilettenpapier. Fragen sie mich nicht warum. Ich hab noch von keiner schmackhaften Art der Zubereitung für Vierlagig gehört. Das Interesse an diesem Luxus hatte auch stark nachgelassen. Plötzlich legte niemand mehr Wert auf die Qualität. Ganz egal, ob zwei-, drei- oder vierlagig, Hauptsache man konnte zuhause einen ansehnlichen Turm damit bauen. Auch Küchenrollen waren sehr gefragt, obwohl im Fernsehen immer wieder darauf hingewiesen wurde, dass dieses Papier die Abflüsse verstopfen würde. Nicht nur die Regale, in denen sonst die Rollen lagen, auch die für Nudeln und Konserven blieben während der nächsten Wochen meist leer. Nicht, weil es nichts gab, was die Händler hätten verkaufen können, sondern weil die Menschen solche Mengen horteten, dass die gesamte Logistik zusammenbrach.

Das wäre den Hamstern nicht passiert. Tiere sind manchmal eben doch die besseren Menschen.

Engpässe gab es bei meiner Familie eigentlich nicht. Sie teilten wie die Hamster. Leider durften sich Zweibeiner aus verschiedenen Haushalten nicht besuchen, und so kam es, dass ein Paket Küchenrollen oder eine Tüte mit Einkäufen bei einer der Tanten oder den Großeltern vor die Tür gelegt wurde. Der so bedachte musste seine Beute nur schnell hereinholen, damit sich kein Passant daran bedienen konnte. Wirklich schlimme Zeiten, und das obwohl genug für alle da war.

Ich wollte hier von Bella und Elvis erzählen. Nun bin ich doch etwas vom Thema abgekommen. Naja, ich musste Ihnen die Umstände schließlich erläutern, sonst hätten Sie noch angenommen, bei uns hätten alle ständig Ferien.

Elvis und Bella schauen nicht viel fern und ich weiß nicht, wie viel sie über die Gründe der plötzlich veränderten Situation wussten. Fest steht, dass sie es zu Anfang ganz prima fanden. Herrchen und der Student blieben nun mit Frauchen, den Vögeln und den Boxern zuhause. Sie waren den ganzen Tag über körperlich anwesend, aber irgendwie doch nicht da. Besonders während der vielen Videokonferenzen sollten die jeweils nicht eingeladenen Hausbewohner möglichst unsichtbar bleiben. Das gelang auch ganz gut. Nur die beiden Zwergpapageien, die im Wohnzimmer in direkter Nachbarschaft zu Herrchens Arbeitszimmer wohnten, mischten sich oft ungefragt ins Gespräch ein. Der Frühling hatte noch nicht wirklich Einzug gehalten. Trotzdem verbrachte Frauchen viele Stunden mit den Hunden im Garten. Hier bestand die geringste Gefahr, dass sich eine Kurzschnauze vor die Kamera schieben würde oder die Boxer durch lautes Bellen die Verständigung unmöglich machen würden. Zwar handelt es sich bei Bella und Elvis um eine Hunderasse, die nicht wirklich zu übermäßigem Gebell neigt, aber besonders Elvis regte sich gerne auf, wenn er vom Fenster aus die Nachbarschaft überwachte. Immerhin hatte er inzwischen die Sache mit den Kirchturmglocken verstanden.

Das Läuten ließ ihn mittlerweile kalt. Die beiden liebten es, dass nun mit schöner Regelmäßigkeit auch Herrchen und der Student in der Küche erschienen. Manchmal kamen sie nur vorbei, um ein Getränk zu holen, aber gegen Mittag blieben sie doch für einen gemeinsamen Imbiss. Ich muss schon sagen, ich habe mich doch ein wenig über meine Familie gewundert. Der Rekord lag bei sieben geleerten Keksschachteln in einer Woche. Wie ich bereits erwähnte, wurde der Einkauf für Frauchen zur logistischen Herausforderung. Schließlich wollte auch sie nicht öfter als unbedingt nötig in den Supermarkt gehen. Alles was die Zwei- und Vierbeiner für eine Woche zum Leben brauchten, musste in den Kofferraum passen. Die Option, zwischendurch einfach mal auswärts zu Essen oder eine Pizza zu bestellen, gab es plötzlich nicht mehr. Natürlich durften Gastronomen ihre Speisen weiterhin für den außer Haus Verkauf anbieten, aber meine Menschen wollten jedes Risiko vermeiden. Bei uns zuhause musste sogar die Post in Quarantäne. Hörte einer von ihnen das typische Klappern des Briefkastens, erfolgte die nächste Leerung frühestens vierundzwanzig Stunden später. Ließ sich der Zeitpunkt der Zustellung im Nachhinein nicht genau ermitteln, wusch sich der Unglücksrabe, der den Kasten geleert hatte, wieder mal gründlich die Hände nachdem er die Post am vereinbarten Quarantäneplatz abgelegt hatte und benutzte im Idealfall noch eines der nun immer in Reichweite stehenden Desinfektionsmittel.

Elvis und Bella genossen die Anwesenheit der Familie in vollen Zügen. Sie durften im Arbeitszimmer vorbeischauen, wenn gerade keine Konferenz stattfand, sie freuten sich, wenn sie die Schritte des Studenten auf der Treppe hörten und sie halfen Frauchen mit ihren feuchten Kurzschnauzen sogar beim Fensterputzen. Dann aber kam der Tag, an dem ihnen auffiel, dass keine Besucher mehr kamen. Sie selbst waren auch schon einige Wochen nicht mehr bei Oma und Opa gewesen. Es sollte noch eine ganze Weile vergehen, bis sich die Verwandtschaft wenigstens im kleinen Kreis wieder treffen konnte. In der Zwischenzeit stand für die jungen Boxer die jährliche Impfung an. Nun war guter Rat teuer. Meine Menschen hielten Kriegsrat, ob es sinnvoll war, den Tierarzt ins Haus zu bitten. Sie kamen zu dem Ergebnis, dass die Gesundheit der Hunde keine Schlamperei duldete. Schließlich war es die erste Auffrischung, seit Bella und Elvis als Welpen ihre Grundimmunisierung bekommen hatten. Wie richtig sie mit der Entscheidung gelegen hatten, die Impfung nicht auf das Ende der Pandemie zu verschieben, wurde meinen Menschen spätestens dann klar, als das Virus im

232

Frühherbst noch einmal richtig Anlauf nahm.

Der freundliche Tierarzt teilte diese Meinung selbstverständlich. Von irgendwas musste er schließlich auch Leben und so kam er ins Haus, um die Kurzschnauzen zu versorgen. Seit vielen Wochen der erste Besucher! Elvis und Bella konnten ihre Begeisterung nicht verbergen. Statt mit dem nötigen Respekt wurde nun sogar der Doktor mit Freudensprüngen begrüßt. Elvis anfängliches Jubeln ließ allerdings schnell nach, als er den Grund für den Besuch herausfand. Bella konnte nicht einmal die spitze Injektionsnadel erschrecken. Sie hielt so vorbildlich still, als wolle sie nicht auch noch den letzten Gast vertreiben. Ich war erstaunt, dass sie sogar in dieser Situation die Prinzessin raushängen ließ. Mir war dieses Piksen immer ebenso unangenehm wie Elvis.

Schließlich kam der Tag, an dem die Hunde auch mit Oma und Opa Wiedersehen feiern durften.

Es muss ungefähr zu dem Zeitpunkt gewesen sein, als Herrchen das häusliche Arbeitszimmer verließ, um seinen Dienst wieder außerhalb der eigenen vier Wände zu verrichten. Dazu musste er, wie alle anderen Menschen auch, in der Öffentlichkeit nun eine Maske tragen. Den Kurzschnauzen blieb wenigstens das erspart. Schließlich brauchten sie ihre

Nasen, um die vielen Gerüche während ihrer Spaziergänge aufnehmen zu können.

12.

Tatbestand: Tier nicht angemessen gesichert

Bußgeld: 30 Euro

Punkte: 0

Tatbestand: Tier nicht angemessen gesichert mit Gefähr-dung

Bußgeld: 60 Euro

Punkte: 1

Tatbestand: Tier nicht angemessen gesichert mit Sachbeschädigung

Bußgeld: 75 Euro

Punkte: 1

(Quelle: www.bussgeld-info.de)

Schlimm genug, dass Hunde im Auto immer noch als „Ladung" gelten. Tatsächlich gibt es gar keine festen Regeln für Tiere im Straßenverkehr. Man muss sich schon ein wenig genauer umsehen und wird schließlich im Bußgeldkatalog unter der Rubrik Ladung fündig. An das Autofahren hatten sich Bella und Elvis schnell gewöhnt und da die immer noch anhaltende Pandemie die Urlaubsplanung zum Stillstand gebracht hatte, würden in diesem Jahr Tagesausflüge auf dem Programm stehen. Im Winter hatte Frauchen sich noch nach hundefreundlichen Ferienhäusern in Strandnähe umgesehen. Mehrere Faktoren hatten dazu beigetragen, dass die Suche nicht zu einer Buchung geführt hatte. Eine allzu lange Fahrzeit wollten meine Menschen den jungen Boxern immer noch nicht zumuten. Damit schieden die skandinavischen Länder von vorneherein aus. Mit mir hatten sie das ja machen können. Die eigens für Hundebesitzer eingerichteten Ferienhäuser mit entsprechend hohen Zäunen und dem inzwischen so beliebten Kunstrasen gegen unerwünschtes Buddeln boten zwar reichlich Wald und Wanderwege, aber eben keinen Strand und kein Meer. Nachdem die Kurzschnauzen aber im Vorjahr solchen Spaß an der belgischen Küste gehabt hatten, sollte die Reise auf jeden Fall ans Wasser

238

gehen. Dort gestattete man bei vielen Veranstaltern nur einen Hund pro Haus. Bei anderen war der Preis so hoch, dass meine Familie von der Wochenmiete bequem eine weitere Kreuzfahrt hätte machen können. Da Boxer auf Kreuzfahrtschiffen ebenso wenig willkommen sind wie alle anderen Hunderassen, schied diese Art des Reisens von Anfang an aus. Schließlich hatte ich in den Vorjahren immer bei meiner Tante und ihrer Familie Ferien gemacht, während die Menschen die Meere bereist hatten. Ich war ja auch kein großer Freund von Wasser. Aber gut, da meine Zweibeiner (ich rede hier nicht von den Papageien) sich bei der Entscheidung für Elvis und Bella einig gewesen waren, dass die letzte Kreuzfahrt vorerst im wahrsten Sinne des Wortes die „Letzte" gewesen sein sollte, kann ich an dieser Stelle nur sagen, alles richtig gemacht. Aktuell blieben die Schiffe im Hafen und die Flugzeuge am Boden. Trotzdem wollten Herrchen und Frauchen den Boxern eine Reise gönnen. Frauchens Recherchen bezüglich einer Unterkunft steckten noch in den „Welpenschuhen", als der Student seine Teilnahme an diesem Unterfangen verweigerte. Er würde im fraglichen Zeitraum einfach zu viele Prüfungen bestehen müssen. Am Ende waren alle überein gekommen, dass man mit zwei so jungen Hunden zuhause am besten aufgehoben sein würde und aufgeschoben war schließlich nicht aufgehoben. Ich wiederhole mich ungerne, aber auch hier muss ich sagen, alles richtig gemacht. Die Pandemie hätte eine Reise unmöglich gemacht und nun blieben meinen Menschen wenigstens lange Verhandlungen bezüglich der Buchungskosten erspart. Jetzt wissen Sie wenigstens, wie es zu der Entscheidung für die Tagesausflüge kam. Statt sich einfach ins Auto zu setzen, und der Sonnen entgegen zu fahren, wurde auch diesbezüglich gründlich das Internet durchforstet. Erster Anlaufpunkt war ein Hundefreilaufgebiet im Süden von Aachen, das so viel mit einem Freilaufgebiet gemeinsam hatte, wie ich mit einem leinenführigen Hund. Der versprochene

Bachlauf entpuppte sich als vertrockneter Tümpel, dessen Ufer für Menschen nur auf dem Hinterteil rutschend zu erreichen war. Ein liebevoll gestaltetes Schild wies darauf hin, dass Hunde keinesfalls andere Spaziergänger oder gar Jogger belästigen durften. Meine kleinen Geschwister, die jeden Menschen freundlich begrüßen möchten, können leider nicht lesen. Das gesamte Areal erstreckte sich über zwei- bis dreihundert Meter und wurde von weiteren lustigen Schildern eingegrenzt. Es handelte sich ganz offensichtlich um ein „Freilaufgebiet" für perfekt ausgebildete Hunde, nicht um einen hundefreundlichen Ort, an dem man das Abrufen ordentlich trainieren konnte. Kurz gesagt, die Boxer blieben an der Leine. Ein paar nette Artgenossen haben sie dennoch getroffen. Übrigens alle angeleint.

Solche Ausflüge waren immer untrennbar mit einer Autofahrt verbunden. Elvis und Bella verbrachten die Fahrzeit als ordentlich gesicherte Ladung im Kofferraum von Herrchens Kombi. Ein Fangnetz verhinderte, dass die „Ladung" sich verselbstständigte. Für den Transport wurden die Führleinen entfernt. Zum einen, damit die jungen Hunde sich nicht darin verfangen konnten, zum anderen, damit sie nicht auf die Idee kamen, das teure Rindsleder anzuknabbern. Nun können Sie sich vielleicht vorstellen, was passiert wäre, wenn unsere Menschen bei der Ankunft einfach den Kofferraum geöffnet hätten. Genau! Bella und Elvis wären freudig hinausgesprungen und im schlimmsten Fall mit anderen Verkehrsteilnehmern kollidiert. Um das zu verhindern, hatte meine Familie den folgenden Ablauf perfekt verinnerlicht: die Boxer, oder wenn Sie so wollen die Ladung, wurde im Kofferraum verstaut. Davor standen ein bis zwei Menschen und hielten die Hundeleinen. Elvis stieg übrigens alleine ein. Prinzessin Bella wollte bitte hinein gehoben werden. Ein Mensch ließ sich auf der Rückbank nieder, während ein anderer den Kofferraumdeckel schloss. Der Mensch auf der Rückbank hatte zuvor die Leinen übernommen und entfernte diese nun. Erst dann wurde das Netz hochgefahren, das den Laderaum vom übrigen Fahrzeug trennte. Bei Ankunft am Zielort wurde die Prozedur umgekehrt durchgeführt. Also: Netz runter, Leinen dran, erst dann Deckel öffnen und Hunde befreien.

Herrchen und Frauchen fragten sich, wie andere Hundebesitzer ihre Vierbeiner dazu bringen, geduldig zu warten, bis ihnen das Kommando zum Aussteigen gegeben wird. Alle Versuche, das sonst so erfolgreiche „bleib" einzusetzen, scheiterten an der Vorfreude der Kurzschnauzen. Fürs erste blieb unseren Menschen nichts anderes übrig, als das eingespielte Ritual bei jeder Autofahrt zu wiederholen.

Das nächste Ziel klang vielversprechend. Im Internet war von einem ehemaligen Truppenübungsplatz die Rede. Dieser sollte den Hunden ungetrübten Freilauf auf komplett eingezäuntem Gebiet mit Seen und Hügeln bieten. Herrchen, Frauchen und der Student waren sich einig, dass so ein toller Hundespielplatz bestimmt gut besucht sein würde, aber Artgenossen waren für Bella und Elvis schließlich kein Problem. Vor dem Truppenübungsplatz bewachten Soldaten die Zufahrt. Von „ehemalig" keine Spur. Frauchen setzte extra ihre Brille auf, um die vielen Anweisungen auf den leicht verwitterten Schildern lesen zu können. An Werktagen durften Besucher mit angeleinten Hunden nach siebzehn Uhr auf das Gelände, darüber hinaus am Wochenende und auch das nur, wenn keine rote Flagge gehisst war, die ein militärisches Manöver anzeigen sollte. Von Freilaufgebiet keine Rede mehr. Außerdem war es ein stinknormaler Vormittag an einem ebenso stinknormalen Werktag. Mit dem einzigen Unterschied, dass Herrchen Urlaub hatte und alle anderen im Homeoffice arbeiteten. Nur die Soldaten mussten weiter Dienst schieben. Moorhuhnschießen war seit langem aus der Mode und so konnten sie wohl nicht von zuhause aus arbeiten. Elvis und Bella ließen ein wenig die Köpfe hängen. Zum Trost führten unsere Menschen sie im gegenüberliegenden Wald aus. Natürlich an der Leine!

Es musste aber doch irgendwo einen Ort geben, an dem die beiden Jungspunde fröhlich am und im Wasser herumtoben konnten, ohne zuvor Stunden im Auto verbringen zu müssen. Frauchen glaubte fündig geworden zu sein. Diesmal ging es in die Eifel. Am Rursee sollte es einen eingezäunten Hundestrand geben. Der Zutritt kostete pro Person drei Euro. Hunde waren erstaunlicherweise frei. Da man nun schon Pferde hatte kotzen sehen, wählte Frauchen die im Internet angegebene Telefonnummer. Jawohl, der Hundestrand sei geöffnet und eingezäunt, wurde ihr in gebrochenem Deutsch versichert. Es konnte losgehen. Die Familienkutsche war der teuerste Teilnehmer der Reisegruppe. Sie parkte für fünf Euro in einigen Kilometern Entfernung. Am Eingang des Freibads entrichtete Frauchen die anfallenden Gebühren für drei Personen. Die Hunde waren frei. Soweit entsprachen die Gegebenheiten den Versprechungen im Internet und am Telefon. Nur zu Erinnerung, die Pandemie hielt die Welt noch immer in Atem. Frauchen trug bereitwillig unseren Familiennamen, die Anschrift und ihre Handynummer in eine Tabelle ein. Einen Ausweis wollte niemand sehen. Hätte Frauchen Tante Trude aus Buxtehude geschrieben, es hätte niemand interessiert. Nun ja! Aus Hygienegründen wurden ihr die Eintrittskarten in Form von weißen Papierschnipseln an einer ebenso weißen Wäscheklammer überreicht. Die junge Dame an der improvisierten Rezeption unter dem Sonnenschirm hatte natürlich beides angefasst. Das Abenteuer konnte beginnen. Die eigentlich verschmähten Schleppleinen waren sicherheitshalber im Gepäck. Ein handbemaltes Schild wies den Weg in Richtung Hundestrand. Einen separaten Zugang gab es nicht. Vier- und Zweibeiner mussten die Sonnenbadenden im Freibad passieren und dabei möglichst wenig Sand aufwirbeln, um die einge-cremten Körper nicht zu panieren. Ich weiß nicht, wie es um Ihre sportlichen Kenntnisse bestellt ist, aber sie werden sich die folgende Szenerie schon vorstellen können. Vielleicht sind Sie ja auch schon selbst da gewesen. Zur Linken wurde der Hundestrand durch einen massiven, ins Wasser reichenden Zaun von einem Bootsanleger getrennt. Zur Rechten musste eine Art Volleyballnetz reichen, um den Hundestrand von den Sonnenbadenden auf der anderen Seite zu trennen. Das Netz reichte gerade so an das Ufer des Rursees heran. Im Sand lag bereits ein Spielgefährte, der bei der Ankunft unserer kleinen Reisegruppe freundlich mit dem Schwanz wedelte. Mit einer ähnlichen Schleppleine, wie sie auch in Frauchens Rucksack verstaut waren, war er an zwei junge Damen gebunden, die einen ebenso freundlichen Eindruck machten. Bella und Elvis hechelten noch an ihren Führleinen. Frauchen näherte sich den jungen Damen und fragte, ob es angenehm sei, wenn die jungen Boxer von den Leinen gelassen würden. Die jungen Damen wirkten ebenso erfreut wie ihr Hund. Sie bejahten und ließen das schöne Tier ebenfalls von der Schleppleine. War das eine Freude! Die drei Hunde spielten und tobten und schwammen und rannten! Sie konnten gar nicht genug bekommen. Ich muss an dieser Stelle noch erwähnen, dass Menschen hier am Hundestrand nicht schwimmen dürfen. Stellen Sie sich das mal vor. Ihr Hund darf ins Wasser, aber Sie nicht! Einen abgegrenzten Schwimmbereich im Rursee gab es nur bei den Sonnenbadenden, nicht bei den Hunden. Lassen Sie sich also von diesem Internet nicht blenden. Sie dürfen hier nicht zusammen mit ihrem Hund schwimmen. Die Hunde aber schwammen. Ach, was hatten sie einen Spaß. Doch dann, von einem Moment auf den anderen rannte Bella am Ufer entlang und spielte Fangen mit dem neu entstandenen Rudel. Das Volleyballnetz konnte sie aus ihrer Perspektive nicht einmal sehen. Den Sinn hatte ihre sowieso niemand erklärt. Das Spiel war herrlich und die Hunde rannten hinter ihrer Anführerin her, die den Hundestrand inzwischen verlassen und zu den Sonnenbadenden vorgedrungen war. Ein Kind schrie wie am Spieß, obwohl die drei Vierbeiner sich überhaupt nicht für seine kurzen Beinchen interessierten. Alle Rufe meiner Menschen und der jungen Damen blieben erfolglos. Die Hunde waren in ihr Spiel vertieft. Die Sonnenbadenden waren aufgesprungen, um nicht doch noch paniert zu werden, aber nur die Niederländer unter ihnen lachten schallend über den Hundekindergarten. Der Vater des hysterischen Kindes merkte streng an, dass dies hier kein Hundestrand sei. Echt jetzt? Glaubte er wirklich, das sei außer ihm noch niemand aufgefallen? Dem Student gelang es schließlich, Bella die Anführerin einzufangen. Herrchen packte Elvis am Halsband, der sich wegen der allgemeinen Unruhe ängstlich hinter dem schreienden Balg versteckt hatte, und die junge Dame sammelte unbeeindruckt ihren Rudi ein. Leider war das schöne Spiel zu Ende und wenig später verließ meine Familie den ach so eingezäunten Hundestrand. Über die investierten Euros regte sich niemand auf. Immerhin hatten die Boxer ihren Spaß gehabt. Mein Fazit ist aber, glauben Sie nur das, was Sie selbst gesehen haben. Dieses Internet ist voller Illusionen!

Die vielen Ausflüge machten meinen Menschen noch einmal bewusst, dass es so nicht weiter gehen konnte. Bella und Elvis mussten endlich lernen, beim Aussteigen aus dem Auto nicht zu drängeln. Zwei

Hunde dieser Größe in eine Box zu zwängen, kam nicht in Frage. Herrchen kam auf die Idee, die Hunde im Kofferraum anzuschnallen. Auf dem Rücksitz in Frauchens kleinem Auto funktionierte das schließlich ganz gut. Nur waren Passagiere im Kofferraum von Herrchens Kombi eigentlich nicht vorgesehen. Diese Fläche hatten die Fahrzeugbauer für die Ladung reserviert. Es gab keine Vorrichtung für Gurte. Kreativ wie meine Menschen nun mal sind, wurden die Sicherheitsgurte einfach verlängert, unter der Lehne der Rückbank durchgeschoben und dort eingesteckt, wo sonst eine fünfte Person im Auto hätte mitfahren können. Elvis und Bella konnten angeschnallt werden. Tatsächlich mussten sie nun mit dem Aussteigen warten, bis sie jemand von den lästigen Karabinern befreite. Eine Weile ging alles gut, doch dann geschah genau das, was Frauchen durch das Entfernen der Leinen immer hatte verhindern wollen. Elvis, der selten still sitzen blieb, verhedderte sich hoffnungslos in den Strängen, die an seinem und auch an Bellas Brustgeschirr befestigt waren. Nachdem er diese Erfahrung einmal gemacht hatte, und sowohl Frauchen als auch der Student alle Hände voll zu tun gehabt hatten, ihn aus dieser misslichen Lage zu befreien, nutzte Elvis die Fahrzeit, um die Gurte anzuknabbern. Meine Familie kehrte zu ihrer bewährten Strategie zurück. Dennoch ließ ihnen das

Ganze keine Ruhe. Bei den Überlegungen stand die Sicherheit der Boxer im Vordergrund, aber ein bisschen gemütlich sollten es die beiden im Auto auch haben. Schließlich entschieden sich Herrchen und Frauchen für ein Hundeautobett mit orthopädischer Matratze. Ich hatte angenommen, sie wären seit der Anschaffung der Körbe für das Schlafzimmer ein wenig vernünftiger geworden. Bella verliebte sich sofort in die neue Ausstattung des Autos. Endlich thronte die Prinzessin umgeben von wiechen Polstern hinter der Scheibe. Elvis stellte erschrocken fest, dass in die neue Liegefläche ein Gurtsystem integriert war. Die Menschen bewunderten das schwarze und rote Leder, das so gut zum Auto passte und alle freuten sich auf weitere Ausflüge.

Da ich gerade noch einmal auf die orthopädischen Hundekörbe der Größe XL zu sprechen kam, muss ich an dieser Stelle gestehen, dass meine Geschwister inzwischen sogar darin schliefen. Sie waren in diesem Sommer wirklich erwachsen geworden. Frauchen, Herrchen und der Student würden die beiden nie mehr hergeben, und auch ich muss zugeben, dass Bella und Elvis sich zu liebenswerten Artgenossen gemausert haben.

Während ich diese Zeilen schreibe, gewinnt der FC Bayern München gerade das

UEFA Cup Finale in Budapest vor Publikum gegen die Mannschaft aus Sevilla. Für Budapest gilt im Rahmen der Pandemie eine Reisewarnung. In München müssen die Menschen nun auch in der Öffentlichkeit Mund und Nase bedecken, während ganz Spanien als Risikogebiet gilt. Die Münchener haben in der Bundesliga wieder einmal den Meistertitel geholt, sie sind die Gewinner des DFB Pokals und haben auch das Champions League Finale für sich entscheiden können. Vielleicht halten sie sich für unverwundbar. Glauben Sie mir, zu viel Perfektion ist nicht gesund. Nur Helden sterben einem Sprichwort nach einsam. Ich war nie perfekt, aber ich durfte die Erde in den

Armen von Menschen verlassen, die mich aufrichtig geliebt haben.

Dabei fällt mir ein, das ich ja immer noch diese praktischen Flügel habe und bevor ich sentimental werde, sollte ich auf der Erde mal nach dem Rechten sehen. Die Menschen können in dieser Zeit ein wenig himmlischen Beistand vertragen.

Ich hoffe, ich habe Sie unterhalten und vielleicht ein bisschen von den Problemen der Welt ablenken können.

Ihnen wünsche ich Gesundheit und immer einen treuen Freund an Ihrer Seite. Es dürfen auch gerne zwei sein.

Ihr Rusty

Quellenverzeichnis

Kapitel 4: Horoskop vom 4. Mai 2019
www.News.de

Kapitel 5: Die Freiheit feiern
www.holland.com

Kapitel 6: Gedicht von Wilhelm Busch (1832-1908)

Kapitel 7: Witz www.debeste.de

Kapitel 8: Mantra für Dienstag den 27. August
www.astrowoche.wunderweib.de

Kapitel 9: Linienzucht, Inzestzucht, Inzucht

www.langzeitstudie-hundezucht.de

Kapitel 10: chinesisches Sternzeichen Schwein

www.chinesisches-horoskop.de/sternzeichen/schwein/

Kapitel 11: Charakterbeschreibung Boxer

www.Tierchenwelt.de

Kapitel 12: Bußgeldinfo

www.bussgeld-info.de